われはいかなる河か

前登志夫の歌の基層

萩岡良博
Hagioka Yoshihiro

北冬舎

われはいかなる河か

前登志夫の歌の基層　目次

装丁＝大原信泉

われはいかなる河か

前登志夫の歌の基層

一

1 森の力

I

一九七六（昭和五十一）年の「短歌」五月号は、初井しづ枝追悼特集を組んでいる。前登志夫は「麒麟」と題する一文を寄せ、次のように初井しづ枝を偲んでいる。

昭和三十九年十二月、わたしの歌集『子午線の繭』の出版記念会の折の、初井さんのスピーチが、その後いつまでも心にのこっている。初井さんは、まことに堂々と、フォークナーの世界と、わたしの共通性を指摘され、まぶしいばかりの励ましの言葉を与えてくださった。その時は、初井さんの言われることのなかみが、わたしにとってどれほど重大な意味をもっているかを、充分納得できなかったが、会場に囀りのごとく響きわたることばの気迫に、おどろいたのである。

この時の初井しづ枝のスピーチは、馬場あき子が謡曲としてうたった長歌「山人考」の気品とともに、「はらわたに沁みとおるものであった」と前登志夫はつづけている。引用した文からは、初井しづ枝が前登志夫のどのようなところにフォークナー的なものを感じとっていたのか判然としないし、私の知るかぎりでは、これ以後、残念ながら、前登志夫自身もフォークナーの世界との共通性については書いていないように思われる。しかし、この箇所は私が前登志夫の歌の思想を考えるときのひとつの核のようなものになっている。前登志夫の述べている「はらわたに沁みとお」った「重大な意味」とはどのようなものであったのか。

ウィリアム・フォークナー(一八九七―一九七二)は、生まれ故郷のアメリカ南部のミシシッピー州ラファイエット郡をモデルにした架空の郡、ミシシッピー州ヨクナパトーファ郡を舞台にして、数多くの小説を書いた。彼のその小説群は、ヨクナパトーファ・サガ(伝説)と呼ばれている。『響きと怒り』の白痴のベンジーの喚き声が満ちあふれ、『サンクチュアリ』の性的不能者ポパイがトウモロコシで女子学生を犯し、『八月の光』の孤独な混血黒人ジョー・クリスマスは白人のリンチによって性器を切断される。二十年以上もまえに読んだ小説なのに、フォークナーが描こうとしたアメリカ南部の白痴性や暴力性を宿命として担わされた登場人物たちがありありと思い出される。

サガ(Saga)は伝説とも神話とも訳されるように、フォークナーが描こうとしたのは、一個の近代的な自我ではなかった。フォークナーと同時代の文芸評論家で、フォークナーの声価を高めるきっかけとなった『ポータブル・フォークナー』を編集したマルカム・カウリーに宛てた一九四四年の書簡のなかで、フォークナーは次のように書いている。

……私は同じ物語を繰りかえし繰りかえし語っているのであり、その物語とは私自身であり、世界であるにほかならないのです。(中略)南部という私の素材は、私にとってはむしろたいして重要なものではないと考えたい。たまたま私はそれを知っているというだけですし、一度の人生では、同時にほかのものを知り、かつそれについて書く余裕などないのです。

（大橋健三郎・原川恭一共訳）

『アブサロム、アブサロム！』刊行の際、架空の土地ヨクナパトーファ郡ジェファーソン町の地図をフォークナー自身が作成したように、彼はその物語（サガ）を通じて、彼自身の世界を構築しようとしたのである。『フォークナーの小説群』の著者、蟻二郎は、「……（小説の）枢要な諸要素はことごとくすべてただ一つ、ミシシッピー州オックスフォードという現実の物理的空間を、ミシシッピー州ヨクナパトーファ郡ジェファーソンという仮空の非空間へまで変貌させ、変質させながら、泛き島同様、ぽっかりと泛び上がらせとり残すことによって、その作品群宇宙をあらゆる意味で現代から免疫にすることにだけむけられています。」（傍点は引用者）とする鋭い読みを提出している。ここに引用したフォークナー自身の言葉や蟻二郎の批評文から、フォークナーによって物語られるヨクナパトーファ・サガは、次のような構造をもっていると敷衍できるだろう。フォークナーのサガにおける事件や人物がリアリティをもてばもつほど、それだけいっそう私たちの現実世界の存在感が希薄になってしまうほどの危険な神話的構造を備えているのである、と。

前登志夫の歌の世界にもこのような神話的な構造のあることを指摘しているのは、日高堯子である。その著『山上のコスモロジー』で、前登志夫の第一歌集『子午線の繭』の歌を引きながら、次のように述べている。

すぐれた歌人はみな自分の世界を持っている。しかし、現に生きて呼吸している地をこのように創りあげ、その神話か伝説のような地の住人として、一貫して歌いつづけている歌人を、わたしはあまり知らない。この、寓話性を孕んだ一つの宇宙が現代に築かれてあることを、わたしは重要なことと考える。（中略）

橋わたり対岸に行く霊柩車甲蟲のごとく昼をかがやく
山下り平野にかへる妻ありて道祖神《くなど》の丘に霞過ぎゆく

（中略）この寓話性を時間と場所に関わらせて言えば、これらの歌の中の時や場は、現在の生活上のものでありながら、同時に、どこにもない場所、いつでもない時なのである。

ここには、前登志夫の歌とその世界に対する日高堯子のラジカルな洞察がある。『子午線の繭』の出版記念会の折りに、初井しづ枝が指摘したというフォークナーの世界との共通性も、このようなものであっただろうか。

II

前登志夫の第二歌集『靈異記』が上梓された頃、学生運動の敗北感ただようキャンパスで、私はフォークナーの小説を好んで読んでいた。前登志夫の詩集『宇宙驛』も歌集『子午線の繭』も読んではいたが、清水昶の詩や岸上大作、寺山修司の歌のほうが身近に感じられていた頃である。

フォークナーの中篇小説『熊』を読んでいた。アイク・マッキャスリン少年が、森のあるじである巨熊オールド・ベンを追跡する叙事詩的な狩猟物語。そしてまた、その熊狩りをとおして一人の少年が、森の中で「誕生と再生」(ミルチャ・エリアーデ)を成し遂げるイニシエーション(通過儀礼)の物語でもある。荒野での狩猟の見習修業としてやってきている十一歳のアイク少年は、オールド・ベンに会えないのは「鉄砲のせいなんだ」と思って、鉄砲を置いて、単身、森に入っていく。これにつづく第一章の終わりがたに次のような一節がある。

……鉄砲をおいてきたことだけでは充分ではなかったのだ。しばらくの間彼は立っていた――空をおおっている果てしない荒野の緑の薄暗がりのなかに迷いこんだ、よるべない子供のように。やがて、彼は完全にその身を荒野に委ねた。時計と磁石のせいだったのだ。まだ汚れがついていたのだ。彼は、時計の鎖と、輪になった磁石の革紐を仕事着からとりはずして、それを一本の灌木にかけ、手に持っていた棒切れをそのそばに立てかけて、それから荒野に入っていった。(大橋健三郎訳)

このようにして丸腰になったとき、はじめてアイク少年は森のあるじと遭遇する。「……突然、小さな空地に入りこんだかと思うと、荒野が一つに合体した。それは音もなくさっと集まり凝縮して――あの木と、あの灌木と、磁石と時計が、一筋の日光にふれてきらきらと輝いているのだった。そのとき、彼は熊を見た。出てきたのでもなく、あらわれたのでもなかった――ただそこにいたのだ……」。ながながと、アイク少年の巨熊オールド・ベンとの遭遇シーンを引用しながら、そのとき私の内部で起こっていたことを、私は追体験しようとしている。その体験とは、前登志夫の世界との文学的な遭遇であった。歌集『子午線の繭』の次の一首が、巨熊オールド・ベンのように、「ただそこにいた」のであった。

岩の上に時計を忘れ来し日より暗緑のその森を怖る

このような唐突な短歌体験は、この一首を通じて、前登志夫の世界や私自身の作歌へと入っていくためのイニシエーションではなかったか。

この一首を百目鬼恭三郎は次のように鑑賞している（現代歌人文庫『前登志夫歌集』解説）。

……これは、山林における時間の希薄さを見事に描出した歌なのである。（中略）山林の時間のサイクルはおそろしく遅い。そんな森の中にせわしなく時を刻む時計を置き忘れたら、どういうことになるだろうか。時間の希薄な暗緑の森の中で、時計だけが密度の濃い時間を放射して、森が時間の混乱をひき起こしているのではなかろうか――といった怖れを巧みにうたった歌なのである。

藤井常世はほぼ百目鬼恭三郎の解説に沿って鑑賞しながら、この一首が含まれている一連の「変身」という小題にも思いを馳せて、「あるいは、岩の上に置き忘れてきた時計は、森の時間の洗礼を受けて、なんだか奇妙なものに変身しているかも知れない。それもまた恐ろしいことである」（鑑賞・現代短歌『前登志夫』）というもう一つの鑑賞を付け加えている。この一首の「時計」を腕時計ととると、これらは順当な読みであるといえるが、百目鬼恭三郎の鑑賞にも藤井常世の鑑賞にも、そのように鑑賞するのであれば、なぜ作者は腕時計をはずし、森の岩の上にそれを置き忘れて来たのかという視点がぬけているように思われる。

梶井基次郎の小説『檸檬』の主人公のように、前登志夫にも岩の上に時計を置き忘れて森の時間を混乱させてやろうという、アナーキーな心理が働いたのだろうか。そうではあるまい。「岩の上に時計を……」の一首は、歌集『子午線の繭』の掉尾に置かれた「変身」三十首のなかの一首であり、この一連は直接的に体験された具体物から抽象された心象世界のきらめきがうかがえる歌群である。もっと抽象的な心象を一首に読み込むべきではないだろうか。

岩の上に置き忘れてきた「時計」とは、はたして作者の身につけていた具体物としての「腕時計」だったのだろうか。巨熊オールド・ベンに遭遇するためにアイク少年がはずしたものは「時計」という名の文明であったように、この一首の作者の岩の上に置き忘れてきた「時計」も、もっと抽象的な意味合いを帯びているのではないだろうか。

この一首の作者は、森から出て来たとき、「森の時間」そのものを岩の上に置き忘れてきたと読めないだろうか。暗緑の森こそ作者を育んできたのである。「森の時間」は作者の生のリズムになるまで血脈に脈うっていた。その暗緑の森を出て行くとき、「森の時間」を刻む本来の自己そのものを岩の上に置き忘れてきたといっているのではないだろうか。「時計」は作者の抽象的な心象である。暗緑の森につながる本来の自己を忘れて生きることに対するかなしみと深い内省が、「暗緑のその森を怖る」という下の句に切実である。「変身」と題したこの一連には、同じく時計を素材にしたもう一首がある。「樹木から樹木に移り肺のごと息づきてをり冬の時計は」。平易な言葉で詠まれている、冬鳥を連想させるこの「時計」にも、抽象された心象の息づきがある。私のこの思いに最も近い評をしているのは、田島邦彦である。「ここでの森の岩の上に忘れてきた時計とは、〝森の時間〟を刻むもう一つの時計なのである。それを忘れてきた時から、実用の時間にすべての時間をもどした作者は、森に怖れをいだくようになったのだ」(『前登志夫の歌』)という解釈につづけて、次のような逸話を記している。

作者はいつも母の故郷である天の川の方向の森をながめていた。母はその森を相手にしていくつかの幻覚を作者に告げたそうである。それ以来、作者はその森を異界への入り口と思うようになった。岩はいつも湧き水にぬれて、暗緑の苔に覆われた大きな岩であった。その岩はこの世とあの世を分かつ境目にあるように思えたそうである。森に入ると、こころの安堵をえられるのが普通だったが、「時計を忘れて来た日」以来、森を怖れるように変わってきた。

この逸話は興味深い。抽象された心象の出処である具体的な岩が述べられている。「異界への入り口」としての森と「この世とあの世を分かつ境目にある」苔むした岩。この逸話を得て、私は前登志夫の暗緑の森の入り口に立つことができたようだ。この森は、母の故郷の天の川から空の冥府なす大峰山系へ、そしてその向こうの熊野の海から妣の国へ、空間的にも時間的にも、異界へとつづいている非在空間への通路なのである。この一首を入り口として、歌集『子午線の繭』を時間的に遡って概観してみると、異界へとつづく非在空間をみつめて叫んでいる孤独な詩人の魂が透けて見えてくる。

血の渇きもたざる死者のゆさゆさと樹を揺さぶれりわが苦しみに
丁丁と樹を伐る昼にたかぶりて森にかへれる木霊《こだま》のひとつ
けものみちひそかに折れる山の上《へ》にそこよりゆけぬ場所を知りたり
海に来て夢違《ゆめちがへ》観音かなしけれとほきうなさかに帆柱は立ち

ここに抽いた四首いずれもに、異界の入り口に立ち、異界のふかぶかとした存在の予感に目を凝らし、耳を澄ましている孤独な魂の含羞の表情がたたえられている。一首目、樹々のさわだちが死者のメッセージを告げているが、作者はまだ充分にその意味を聴き取ることができない。そのもどかしさのなかで、しかし、作者は生きる苦しみに耐えつつ死者の声に耳を澄ましている。二首目、樹に斧を入れた。樹の霊は昂ぶって父祖の森へと還って行った。森へ還れない作者は、ただその木霊に耳を澄ましているだけである。三首目の作者も「そこよりゆけぬ場所」を知ったさみしい認識をもって立ち尽くしているが、この一首にはどこか異界へぬけていく余韻が響いている。四首目の海は熊野の海である。異界としての常世への作者の憧れや予感が、歌のしらべにのって海境の帆柱の向こうに揺曳しているのが感じ取れる。

しかし、前登志夫が歌において「個を超えたわれの発見」(「谷行の思想」)をし、非在空間に足を踏み入れるためには、死と再生をかけて、歴史をとかしこんだ吉野の分厚い風土を潜りぬけねばならなかったのである。フォークナーが、小説『熊』において、アイク少年を本当の意味での

「熊」に遭遇させるためには、アイク少年にアメリカの先住民や黒人奴隷の歴史を潜らせねばならなかったように。この個を超えた「非在」のわれの形象化にこそ、フォークナーの小説世界と前登志夫の歌の世界との文学的な共通性がある。

III

フォークナーの小説『熊』の第三章において、巨熊オールド・ベンは、コンプソン将軍率いる狩猟隊についに追い詰められる。そして、ブーン・ホガンベックのナイフによって最期を迎える。その際、オールド・ベンは、アイク少年が十三歳のときに殺した牡鹿の温かい血で、少年の顔に元服の印をつけた、狩猟の老司祭であり老教師でもあるサム・ファーザーズと、仔牛ほどの大きさもある青い猟犬ライオンを犠牲にしたのである。

ナイフは一度しか打ちおろされなかった。一瞬、そのありさまは一片の彫像のように見えた——(熊の前足で腹を引っかかれて、はらわたが飛び出したまま—引用者注)しがみついている犬、熊、その背に跨り、刺しこんだナイフを動かして急所を探っている男。それから彼らは、ブーンの重みでうしろに引かれて、ブーンを下敷きにどうと倒れた……まるで木が倒れるようにどさりと倒れ、そのために、かれら三つのものが全部、人間も犬も熊も、一度跳ねかえったように見えたくらいだった。

このようにしてオールド・ベンは死に、その後、森には製材会社の鉄道が敷かれ、近代化の波が押し寄せることになる（『熊』第五章）。確かに、フォークナーはこの狩猟物語を通して、近代文明の弊害を告発しているようにも読める。しかし、それはこの小説の本当の主題ではない。むしろ、巨熊オールド・ベン、狩猟の老司祭サム・ファーザーズ、そして青犬ライオンの死こそ、M・エリアーデが『生と再生』のなかで何度も死と再生の意味を指摘するように、アイク少年のイニシエーションにとって不可欠な象徴であると考えねばならない。

イニシエーションにおける「死」は、精神生活の始源に欠くことのできぬことである。その機能は、それがどのように準備されるのかという点に関連して理解されなければならない。すなわちより高い存在様式への誕生ということである。（中略）イニシエーションにおける「死」はしばしば、例えば暗黒、宇宙的な夜、大地の胎、小屋、怪物の腹などによって象徴される。

（堀一郎訳）

アイク・マッキャスリン自身も、「より高い存在様式」へ誕生するために、さらに二つの「死」をくぐりぬける。押し寄せる近代化の波による荒野の喪失に耐えることと、妻にもいとこにも理解されない行為としてのマッキャスリン家の土地相続を放棄すること。喪失も放棄もイニシエーションの「死」としての意識化がなされていないと、巨熊を仕留めたブーン・ホガンベックのように、荒野の喪失に耐えきれず、物語の最後において精神に異常をきたしてしまうのである。『熊』の第四章は、アメリカ南部という「大地の胎」をくぐるかのように、アイク・マッキャスリンが土地相続を拒否することを決意する起因となった、二十一歳のときに目にした土地所有台帳の退屈な記載が、次のように数ページにわたって羅列されていく。

一八四一年一一月三日　現金にてシューシダス・マッキャスリン渡し　二〇〇ドル　一八四一年一二月　Jにて鍛冶屋を始む　一八五四年二月一七日　Jにて死去埋葬

この第四章は、土地所有台帳に記載された黒人奴隷の薄暗い歴史に溶けこんだかのように、句読法さえほとんど無視されており、退屈で読みにくい章である。

テニー・ビーチャム　二一歳　一八五九年アモーディアス・マッキャスリンが　ヒューバート・ビーチャム郷士よりかちとる　手札三点札三枚に対して五枚続きになるところを　郷士がコールせざりしため　一八五九年トーミーのタールと結婚

財産としての黒人奴隷の売買と財産遺失としての黒人奴隷の死の記録が、この小説にはながながと引用されている。小説としてはこの第四章は破綻だろうが、物語（サガ）としては、フォークナーがくぐらねばならないアメリカ南部の暗い歴史の基層のひとつである。南部で生まれ、黒い乳房で育てられた記憶をもつフォークナーの避けて通れぬ基層であっただろう。

また、土地所有の点からいうと、アメリカは黒人搾取の歴史よりもっと古く、インディアンへの迫害による土地強奪の歴史をもっている。これはアメリカのもうひとつの基層である。フォークナーは、白人のアメリカ植民にさかのぼる土地所有の原罪をアイク・マッキャスリンに負わしたのではなかったか。

荒野の森の象徴である巨熊オールド・ベンと闘い、死んだサム・ファーザーズは、このアメリカの二つの基層を備えていた登場人物であった。サムは、黒人奴隷とインディアンの酋長イッケモチュッベの間に生まれた「息子であり、一方では、苦悩を通じて謙譲を学び、苦悩を生きのびる忍耐を通じて誇りを知った民族の連綿とした歴史を受けつぎ、他方では、第一の民族よりも長くこの土地に住みついている民族の連綿とした歴史を受けついでいた老人」であった。このようなアメリカの基層を二つとも備えた人物に、イニシエーションを受けたアイク・マッキャスリンは、アメリカ南部の歴史の基層を突き貫けることによって、「より高い存在様式」を備えた非在空間を知ってしまったのである。それゆえに、彼はマッキャスリン家の土地の相続を放棄したのではなかっただろうか。

このような小説『熊』を書きすすめながら、フォークナー自身も、アイク・マッキャスリンとともにある種の現実放棄という宿命を生きていたように思われる。『ダブリン市民』のジョイス、『失われた時を求めて』のプルースト、そして『ワインズバーグ・オハイオ』のシャーウッド・アンダースンなどの小説の系譜を継承しながら、自然主義的、近代主義的な卑小な個を乗り超えるための装置として、フォークナー自身が実際に生きている現実の物理的空間の「死」を媒介にした、ヨクナパトーファ・サガという作品群宇宙を創造し、生きようとしていたのである。先住民の迫害や黒人奴隷の搾取によって築かれた自分を取り巻く文化の基層を、血まみれになって掘り進み、突き貫けたときに到達される非在空間によって、今度はフォークナー自身をも含んだ卑小で猥雑な現実世界が批判されはじめるという、独自の作品群宇宙をフォークナーは形象化していったのである。

フォークナーのこの小説の方法は、日本の小説家にも多大の影響を与えてきた。すぐに、大江健三郎の四国の森を舞台にした小説群や中上健次の熊野の路地を舞台にした小説群が思い浮かぶ。彼らは、自分の基層を掘り進むことによってサガ的な非在空間を創造するという、フォークナー的世界を意識的に継承してきたのである。しかし、ひるがえって前登志夫のサガ的な詩的空間に思いをめぐらせば、フォークナーの影響というよりはむしろ、前登志夫はハイデガーの存在論を詩の根拠としていくたびも問い、「吉野」という深々としたトポスを民俗的に掘り進んでいるうちに、フォークナーと共通した非在空間をそれと気づかずに形象化していたのではないかと思われる。

一九九三（平成五）年の「短歌研究」二月号に発表した「黄昏の種子」三十首のなかで、前登志夫が、十七年前に書いた初井しづ枝の追悼文に対する反歌のような一首を呟いているのは実に興味深い。「杉落葉あかきたそがれフォークナーの村をこえたるわれならなくに」。（前登志夫の第六歌集『青童子』では次のように改作されている。「杉落葉あかきたそがれフォークナーの村を過ぎたるわれならなくに」）

IV

「廿代の仕事の決算書」（あとがき）としてまとめられた詩集『宇宙驛』の「山上の処刑」と題

された詩のなかに、「非在」という言葉がすでに登場する。その言葉が含まれている一節を引用する。

流れのない沈黙の河　それは
愛と形象の眠れる目蓋
無用になつた黒い喉だ
風と雲と雨の
死の造形の暗やみを
さんざめきさかのぼる魚
このかなしみの空間を
なほもはねあがり
きらめきのぼる文明の夜の白い霊魂
ぼくの掌から放たれた非在の幻影がかへつてくるのだ

非在の無垢なたましいの叫びが鮮やかに形象化されている。リルケやヴァレリーなどの西欧の詩人、そして朔太郎や静雄の詩魂を継承した現代詩のみごとな達成を見ることができる。しかし、この詩のなかの「非在」という言葉は、まだ分厚い観念の光芒を曳いている。それゆえ、詩集『宇宙驛』の「あとがき」で前登志夫は、「歴史のデモンに、出会ふことのできぬ今日の貧しさ」に触れ、終生のテーマ〈自然の中に再び人間を樹《た》てる〉をマニフェストしなければならなかったのではなかろうか。この「あとがき」は、彼が「異常噴火」と呼んだ短歌との出会いをしているときに書かれていたことに注意しておく必要がある。

かなしみは明るさゆゑにきたりけり一本の樹の翳らひにけり

これは、前登志夫の「異常噴火」を象徴する一首である。現代詩と短歌を繋ぎつつ、別れていく分岐点に立つ一本の樹が詠まれている。それゆえ、論者はかならず詩集『宇宙驛』の詩と関連させて取り上げる。「二十代に詩を書いていた前登志夫の、韻律との出会いに記念碑のようにそびえた一本の樹である。」(藤井常世)、「詩の想念を〈うた〉の抒情へ移行させる過渡のトライアルとしての時期に、すでにして明るさと暗さの不可思議な融合をはたしている。」(田島邦彦)、また、「詩句(詩集『宇宙驛』の詩「坂」の一節にある「そして俺を一本の樹のやうに翳らせる/涯もないあかるさは!」—引用者注)を背後にもつ「反歌」的短歌」(櫟原聰)の豊かさとしても論じられている。

そして誰もが、初出の「かなしみは明るさゆゑにきたりけり一本の樹の羞らふ陰翳《かげり》」を取り上げて、その違いを考察しているが、終句「羞らふ陰翳」から「翳らひにけり」への転倒に、日高堯子の批評が最もこの一首に深く錘鉛をおろしているように思われる。

「羞らふ」という自意識は、いうなれば近代的個の孤独と内面の神話を出てはいない。それを転倒させた前登志夫は、むしろ私=自意識ならぬ、樹の本質を射ぬこうとする。すなわち樹の本質とは、〈見えないもの〉を〈見る〉ことの畏怖と、それゆえの歓喜を、生命そのものの体現として歌われる磁場なのである。

この一首に関しては、ここに引用した四氏の論評の屋下に屋を架する必要もないのであるが、ここまで考察してきたフォークナーの小説『熊』に拠って少し考えてみたい。前登志夫が二十代の情熱のほとんどを注いだという現代詩を、巨熊オールド・ベンに象徴される荒野の森に譬えることはできないだろうか。現代詩は、前登志夫にイニシエーションを授け、前登志夫を育んだ森である。「あしうらから雉がたつた／不運はぼくを縞目のある獣にする／歯の神経を抜くやうに／歌はそのとき怒りの出発をした」という、読む者の感性にしたたるような詩魂を育んだのである。しかし、その現代詩の森は、絶えず、意味という縞目をきざみ、繊細な神経に意味をひびかせる森でもある。

あなうらゆ翔び立つ雉の黄金《きん》のこゑ夭夭《えうえう》として樹樹は走れる
森出でて町に入りゆくしばらくは縞目の青く身に消えのこり

のちに、この二首のように、「存在のしらべ」をたたえた歌として結実する抒情ののびやかさは、引用した詩集『宇宙驛』の詩句からは感じられない。閉塞へと向かう硬直した意味の世界が横たわっている。詩集『宇宙驛』を編むことによって、現代詩という意味の世界に縛られはじめていることを認識したとき、前登志夫は「より高い存在様式への誕生」として再生するイニシエーションを希求しなかっただろうか。

前登志夫が〈自然の中に再び人間を樹てる〉という命題を生きるために、この時、アイク少年にイニシエーションを授けたサム・ファーザーズのような役割を果たしたのが、師の前川佐美雄ではなかっただろうか。歌集『子午線の繭』の後記に、師の前川佐美雄に「なによりも詩人の生き方と、気質とも言ふべき作家の精神について、深く学んだ」と記しているように、より根源的な影響を受けたように思われる。

かなしみはつひに遠くにひとすぢの水を流してうすれて行けり（『植物祭』）
若葉輝く五月の午後はどことなく墜ちゆきて暗きいのちと思ふ（『大和』）

前川佐美雄のこの二首なども、たしかに、田島邦彦が「すでにして明るさと暗さの不思議な融合をはたしている」と評している、前登志夫の「かなしみは明るさゆゑにきたりけり一本の樹の翳らひにけり」の源流にある歌としてひびいてはいるだろう。しかし、このように考察してきても、この歌の基層は、まだ明確にはなっていないように思われる。巨熊オールド・ベンを倒した、ブーン・ホガンベックのナイフのような何かが足らない。私たちが自明のことのように読んできている、「かなしみ」がやってくる「明るさ」のその光源とは何なんだろうか。一首のなかで、この「明るさ」という言葉は、なぜ羞らうように奇妙な光を放っているのだろうか。この「明るさ」に対する考察こそが足らないのではないだろうか。

このような思いはいつもあった。そして、ハイデガーの『形而上学とは何か』を読んでいた時、次の一文がナイフのように突き刺さってきたことがあった。

不安の無の明るい夜において初めて存在事物そのものとしての根源的明闊さが生まれる。

（大江精志郎訳）

「かなしみは明るさゆゑにきたりけり一本の樹の翳らひにけり」の一首が呟き出ていた。縛られていた何かから解き放たれたかのような「明るさ」があたりにただよっている。その「明るさ」を生き始めようとすると、「かなしみ」という切ない感情が風景にそっとしのびこむ。その根源的な「かなしみ」を纏って、一本の樹が翳らい始める。この一首のなかに詠まれた「明るさ」と「翳り」によって、前登志夫は、存在のしらべとして、存在者の根源的な開示としてのひとつの世界を告げたのである、現代詩という暗い意味の森から出て行く「かなしみ」を伴って。ひとつの世界の開示としての「明るさ」と、その世界を育んできた基層としての「翳り」が、揺るぎない形象として一首に捉えられている。

この一首を存在へのイニシエーションとして、前登志夫は、「吉野」という深々としたトポスに民俗の斧を携えて、短歌という樹の苗を植えてまわることになる。これは、フォークナーの小説『熊』で見てきたように、巨熊オールド・ベンの死＝猟師アイク少年の誕生につづく、土地所有台帳の瞥見＝本当の意味でのアイク・マッキャスリンの「世界」への再生という図式に相当する。前登志夫の〈自然の中に再び人間を樹てる〉という命題の「人間」は、「存在の住居」（ハイデガー）である「言葉」において再生されなければならないのである。

もう村の叫びを誰もきかうとしないから村は沈黙した。わたしの叫びの意味を答へてはくれぬ。人はふたたび、村の向う側から、死者のやうに歩いてこなければならない。芳ばしい汗と、世界の問をもつて――

これは歌集『子午線の繭』の「時間」と題された三十首の冒頭の詞書である。この詞書を証しするかのように、前登志夫は、『吉野紀行』の第一章を、吉野に入る峠の向こう側から、詩と民俗の融合した独特の文体で吉野の歴史の襞へと深々と分け入ることから始める。

……私が青山として長らく眺めていた場所が、何百年こまやかに人間が生活してきた村であったという不覚にちかいおどろきをおぼえた。何百年、何千年人間がけだものとまぎれながら、青い燐《りん》光を放ちながら、だまって越えていった抽象の峠を思った。

ふかぶかとした「時間性」として存在する世界があるというこの驚きこそ、存在そのものへの開示である。「かなしみは明るさゆゑにきたりけり一本の樹の翳らひにけり」の一首には、一本の翳る樹の向こうに予感される黒くしずまる森の開示がある。その森は、「岩の上に時計を忘れ来し日より暗緑のその森を怖る」の一首に詠まれた、本来の自己を森の時間として刻んでいる森である。自分を育んでくれた森である。その森から出て、高度経済成長という名の文明の時間の波にもまれ、現代詩の意味の森をさまよってきた自分を見つめ直し、韻律を携えて再びその森に

「世界の問をもつて」還って行くのである。本来の自己を森の時間として刻んでいる森に問い返すおのれ自身が、「言葉」という非在の森となって反響するために。

この二首に詠まれた森を見つめる前登志夫の表情は、数百万年も前に、アフリカの森から平原へと二足歩行で歩み出し始めた最初の類人猿ルーシーの、いま出てきたその森を振り返ったときの、どこか明るくかなしげな表情とオーバーラップしてくるように思われるのである。

2　帰郷論

I

前章では、フォークナーの小説『熊』を読むことによって、前登志夫の短歌が、現代文学のひとつの可能性としてそのしらべを刻んでいることを概観してみた。歌集『子午線の繭』の冒頭歌「かなしみは明るさゆゑにきたりけり一本の樹の翳らひにけり」から、掉尾に近い歌「岩の上に時計を忘れ来し日より暗緑のその森を怖る」へと森の時間を歩み返そうとする帰郷者の重い跫音を聴いてきた。森の時間として本来の自己を刻んでいる森に、自己と世界の関係を問い返すおのれ自身を、「言葉」という非在の森となって反響させるために、歌のしらべへと帰ってゆく帰郷者の後ろ姿を見つめてきた。

前登志夫にとって、「帰郷」とは何であったのか。また、「帰郷」とは、現代において、どのような意味をもっているのか。ここでは、前登志夫の歩みに従って、帰郷の意味を考察していきたい。

詩集『宇宙驛』のなかに「暗い河」という詩がある。「一九五四年の東京で」「詩人の家にいった」ときの都市の一日をモチーフにした詩であるが、前稿でも「山上の処刑」という詩に拠りつつ少し見てきたように、この詩にも「詩との別れ」というテーマが見え隠れしている。「暗い河」

の終わりのほうを抽く。

谷間は別れのための文明のくらい河
ふらふら坂を登つてゆく長身の背に
わかめのやうにぶらさげた黒い来歴をみた
わたしは旅人だつたから
建物の輪郭などみながら
地下鉄の朱塗りの電車が露出してゐる
茗荷谷の駅のはうへ登つていつた

櫟原聰編「前登志夫略年譜」（一九九二〔平成四〕年、「短歌」七月号）によれば、一九五三〔昭和二十八〕年の記事に、「村野四郎氏に会い再三助言を受ける。「荒地グループ」の、鮎川信夫、木原孝一、田村隆一、中桐雅夫氏等と会う。」とあるが、この時のなんらかの体験を踏まえて書かれたものであろう。この詩では、東京での詩人たちとの出会いと別れが、都会の「別れのための谷間」をはさんで、別々の坂を登っていく人生模様として形象されている。

地下鉄の赤き電車は露出して東京の眠りしたしかりけり
ものみなは性器のごとく浄められ都市の神話の生まるると言へ

都市、特に東京のような大都会は、自分の曳きずっている暗い部分、たとえば家族や故郷のようなしがらみから離れて暮らすことができるだろうし、何からも拘束されることなく自分の可能性を試すことができるだろう、という思いにいざなうところがある。地方生活者にこのような憧れをいだかせるのは、都市が地方のもつ地縁、血縁のどろどろとした猥雑な部分をできるだけ切り棄てて発達しようとしてきたからであろう。人と人とのどろどろとしたしがらみのような木の根や草の根の露出した崖のある風景に代わって、都市では、その中に清潔な便器がひっそりと取り付けられてあるビルのつるりとした垂直な壁面が所狭しと空に向かって伸びている。そのような場所にやってきた人々は、できるだけ早くそこでの生活に慣れ、地縁、血縁のどろどろとした猥雑さを残す言葉の訛りを一刻も早くなくそうとする。

都市に憧れをもち、地方生活者であることのしがらみを負ってさまよう旅人にとっては、地下鉄の赤き電車が露出している風景をかかえて眠る「東京の眠り」は、反語的な意味で、「したしかりけり」なのである。「ものみなは性器のごとく浄められ」の一首にも、猥雑なものを切り棄てて現代の「神話」を創り出していく都市への前登志夫の憧れと異和が渾然一体となっている。この意味において、田島邦彦が、一首目を評して「都市が反語的意味においての自己の発見と再確認をはたす場所」(『前登志夫の歌』)と言ったのは的確である。

確かに、ここに抽いた二首における「東京の眠り」も「都市の神話」も、前登志夫にとって、田島邦彦の言う「自己の発見と再確認をはたす場所」としての都市の反語的な意味を担っている。この二首につづく第三首目はもっと具体的にその「反語」の意味を明らかにしている。

めぐりあへず林檎三つを求むれば果実の目方量《はか》られたりき

私たちに最も卑近な果物「林檎三つ」を一首の中心において、作者の存在の秤の針は、「東京の眠りしたしかりけり」や「都市の神話の生まるると言へ」から、「めぐりあへず」という異和の方向へぐんと振れるのが読みとれる。むしろ、この一首を詠むために前の二首があったと言っても言い過ぎたことにはならないだろう。

何にめぐりあえなかったのか。無論、「自己」に、であろう。「自己」をかけた詩に、であろう。その「自己」の他者としての「都市の神話」に登場する神々に、でもあろう。都市で「めぐりあへず」「茗荷谷の駅のはうへ登っていった」作者は、どこで「自己」とめぐりあおうとするのであろうか。坂を登ったその先は、歌集『子午線の繭』の第二章の小題にもなっている「オルフォイスの地方」というトポスであっただろう。

前登志夫は、写真家田中眞知郎の写真集『大和の古道』に寄せた文「古代感愛の道」のなかで、一九五〇（昭和二十五）年前後の若い日の大和国原の彷徨に触れて、次のように書いている。

わたしはひたすらがつがつと歩いた。古墳のほとりや、白い鶏が草むらに散らばる村里を、靴に泥を重たくつけてさまよった。あたかも見失った故郷の家でも探している者のように歩いた。そのころは、海彼から帰還した兵隊も、もはや珍しくなったころだ。うんと遅れて帰って来た復員兵のように歩いていた。（傍点は原文）

この引用文につづいて、「かつてわたしは葛城山から二上山の麓にひらける野を、「オルフォイスの地方」とひとりで名づけたりした」という記述もあり、歌集『子午線の繭』の風土的な理解にも役立つ。しかし、それ以上に重要なのは、古国に底ごもる乞食《ほかい》びとの歌の調べを聴きながら国原を歩くことによって、「歴史という成熟した死者のまえでは、われわれはいつまでも青臭い死者であるしかない」という認識を、「いのちとしての時間」のなかにみつめはじめながら、前登志夫が歩行のリズムとして歌の調べを身体に刻みつけていったことである。

II

現代詩から短歌へ、そして都市から大和国原へと前登志夫の帰郷の足跡を辿ってきたが、歌集『子午線の繭』の「オルフォイスの地方」の歌にその具体的な足跡を見てみたい。

あけはなつ真夏の部屋に入《はひ》りくる甲蟲も尾根もみな死者のもの
太初からこぼるるさまに散りいそぐひとときのさくらベッドにふりて
翳もちて岩に来る鳥そのままに嵌められしかば限りなく翔ぶ
夜のまに磨かれてある鋤ひとつわれの帰郷を裁くにあらず
いくたびか戸口の外に佇つものを樹と呼びてをり犯すことなき

一首目、真夏の感性をいっぱいに開け放って「自然の中に再び人間を樹て」ようとしているが、自然は作者にまだ存在の開示を全的に告げようとはしていない。下の句には、「甲蟲も尾根もみな死者のもの」という苦い認識の翳りがある。しかし、二首目では、「散りいそぐひとときのさくら」に太初から現代に流れている時間を見つめている。時間性として存在する非在の時空への予感がベッドに横たわっている。まだ本来的な意味での帰郷は果たされていない。予感としてある帰郷である。

三首目は、最もリルケ的である。リルケの『後期詩集』の「ありとあらゆるものが人知れず」の「世界内面空間」を思い出させる一首である。小林幸子は、リルケのこの詩や数編の他の詩を引用して、一九九五（平成七）年十一月発行の歌誌「晶」第十二号の「前登志夫の風景」のなかで、「前登志夫の初期の歌のいくつかに、私は原型としてのリルケの詩を感受する」という直観を詳しく検証している（のち、小林幸子著『子午線の旅人』に所収）。小林幸子が高安国世訳で引用している第四連を大山定一訳で抽く。

あらゆるもののなかに一つの空間がひろがっている。
いわば「宇宙の内部空間」……そして小鳥たちは
しずかにぼくの体内を飛び交い、自由に伸びようと意志して
ぼくがふと目を放てば、ぼくのうちにすでに青々と一本の樹木が生えている。

リルケが、詩において、「宇宙の内部空間」（大山定一訳）＝「世界内面空間」（高安国世訳）と呼ぶ時空は、内部と外界の間にある柵を、「言葉」において超越する方法であった。「愛する人たち

よ、どこにも世界は存在すまい、内部に存在するほかは。／われわれの生は刻々に変化してうつろいゆく、そして外部はつねに痩せ細って／消えさるのだ。」（『ドゥイノの悲歌』「第七の悲歌」）や、「この地上こそ、言葉でいいうるものの季節、その故郷だ」（同「第九の悲歌」、傍点は原文）のような詩句を辿ってきて、簡明な「歌は存在である」（『オルフォイスに寄せるソネット』）という一行に達したとき、はっとしたものであった。抽出した前登志夫の三首目も、「言葉」という「岩」に来て、そのまま嵌められた瞬間から、鳥は「世界内面空間」を「限りなく翔ぶ」ことになるというリルケ的な方法を濃く継承しているように思われる。

そういえば、前登志夫は、一九九五（平成七）年十一月発行の歌誌「帆柱」第二十七号の「息」と題した巻頭歌七首のなかの一首として、「世界内面空間」をつぎのように詠みこんでいる（のち、第七歌集『流轉』所収）。

冬に入る星ぞら冴えてわかき日の世界内面空間匂ふ

「オルフォイスの地方」と名づけた大和国原を「がつがつと」歩きながら、自己の「世界内面空間」をさまよっていたわかき日の前登志夫の芳しい汗が、この一首からもしのばれるようである。この三首目が収められている「叫ぶ」と題した一連の冒頭にほとんど詩と呼んでもいい詞書がある。

ぼくが限りなく存在に近づいてゆくと、あるときぼくと樹の区別が曖昧になる。世界の中でいちばん貧しく沈黙してゐるとき、すべてのものはぼくに呼びかける。世界はもう永く病んでをり、ぼくは垂直に憩ふ。すべては叫びでしかない。

そしてこの詞書は、リルケの『ドゥイノの悲歌』の「第七の悲歌」の冒頭部分を喚び起こさせる。

愛の応答《いらえ》を求めての呼びかけではない、もはやそのような呼びかけではなく、おさえてもおさえきれぬ声のほとばしり、それがおまえの叫びの本性であれ。おまえは鳥のように無垢《むく》に叫びもしよう、高まりゆく春の季節が空高く抱きとるあの鳥のように。

(手塚富雄訳)

こうして並べて引用すると、しかしながら、「世界内面空間」に到る方法の類似性よりも、違いのほうがより明確になるように思われる。リルケは、「おさえてもおさえきれぬ声のほとばしり」として、物の名を呼びかけ、ほめたたえることによって、「どこにも世界は存在すまい、内部に存在するほかは」という言葉の到達できない領域に向かおうとする。一方、前登志夫は、自分と「存在」との「区別が曖昧に」なり、自分が「存在」の「呼びかける」言葉となって響き出すまで、「世界の中でいちばん貧しく沈黙してゐる」ことに耐えようとする。このように、リルケから学び、リルケから距たってゆく前登志夫の詩的方法にこそ、前登志夫の「帰郷」とは何か、を解く鍵があるように思われる。

四首目は、「帰郷」という言葉が歌集『子午線の繭』においてはじめて出てくる、「火の鳥」と題した一連の一首である。この一連は、「森の出口」の「もう人のいない鍛冶屋の跡」に佇みながら、かつて鍛冶屋が鞴《ふいご》をあおり、鋼鉄を打って斧鍬鎌鋤を創りだしたように、「帰郷」の根源的な意味を求めつつ、「あるときはおのれの孤独打ちにうち村びとを安く眠らしめざりき」と、己の孤独を打ちに打って内なる村を創りだそうとする、言葉の錬金術師としての内なるたたら族への幻視が感じられる。

依然として、孤独な文学意識と、村びとや村の掟との間に葛藤はあるものの、「存在」や物のほうからいちはやく作者の「帰郷」は受容され始めてゆくようである。「帰郷者のわれならなくに鉄の音もののもたぬわれを許すその音」のような一首や、引用歌の「夜のまに磨かれてある鋤ひとつわれの帰郷を裁くにあらず」から、それはわかる。しかし、作者に「帰郷」の意味が全的に明らかになっているわけではまだない。

五首目の「いくたびか戸口の外に佇つもの」を、「故郷への帰還者と読むのは、ごく自然な読み方であろう」と、日高堯子は新鮮で卓越した読みを提示している（『山上のコスモロジー』）。いくたびか戸口の外に佇って帰郷の意味を問いかけている自らを「樹」と呼んだとき、帰還者は「「犯すことなき」の清冽な断念」を伴って、実存の戸口に佇つ存在へと変容したと日高堯子は読む。

　こうして作者は、一本の樹を通してはるかむこうの森と官能的に結びつき、またその樹が佇っていることによって森と距てられている自らの実存を意識するのである。「戸口の外に佇つ」樹が彼自らの「実存」を問う「戸口」として、（中略）アーチのように白く佇っているのを、わたしはくっきりと見出す。
「犯すことなき」と題されたこの一連五首は、たしかに、「いくたびか――」の一首につづく、「夜の厚き扉《ドア》を叩きゐる植物のごときわが手を見けり」という歌や、他の三首の歌にも見られるように、植物、特に樹自らがその「「実存」を問う「戸口」として」、手、脛《はぎ》、胸、舌などの身体的時間をもって佇んでいるかのように形象化されている。

噴き出づる樹脂いつせいに炎えはじめまかがやく脛《はぎ》のひとつを祈る
胸に穴あけてみづみづし樫の木よ　王様の耳は馬の耳
呪詛ひとつ呑みて明るしある夜は錨のごとく沈めおく舌

東京から大和国原（オルフォイスの地方）を通って吉野へ、現代詩からリルケの「世界内面空間」を通って短歌へ、前登志夫はようやく非在の村の戸口まで到り着いたようである。この長い道のりを「復員兵のように歩いて」くることによって、帰郷者が確実に摑んだものは、自分の内面に滔々と流れる「時間」意識であったように思われる。村の向こう側から辿りついた吉野を詠うことによって、時間性として存在する非在の村が開示され、帰郷者に「帰郷」の意味が明かされてゆく。この時間性に触れて、日高堯子は先の引用文につづけて次のように書いている。

森をみつめることは空間をみつめるだけでなく、時間をもみつめることになるのである。

〈中略〉一本の樹への化身、その同化はやがて死者たちとの〈交霊〉となって新たな時間を生み出してゆく。

III

前登志夫の森の時空をみつめていると、その森のさらに奥に黒々とした森が見えてくる。シュワーベンの森である。この森をみつめながら、前登志夫に先行すること一五〇年以上も前に、ヘルダーリンは「帰郷――近親者に寄す」という詩を書いている。ヘルダーリンのこの詩の森をみつめながら、「帰郷」の意味をもう少し根源的に考察することにしたい。〈根源的に〉という意味において、一五〇年という時間は一瞬にしかすぎないのだから。

おまえの探ねるものは、まぢかだ、もうおまえにまみえている。

第四連のこの短い詩句から、ハイデガーはこの詩の本質へと迫って行く。

それゆえ故郷は、到着直後のこの帰郷者に対して次の言葉を発するのである。
おまえの探ねるものは、まぢかだ、もうおまえにまみえている。
到着だけでは、この帰郷者はまだ故郷に達していないのである。〈中略〉それゆえ、彼は到着した後でも、依然として探ね手、探求する者なのである。けれども彼が探ねているものは、すでに彼にまみえている。それは近い。しかしそれはまだ見出されはしない。
（傍点は原文。手塚富雄訳）

ヘルダーリンの「帰郷――近親者に寄す」という詩に対するハイデガーのこのような考察は、歌集『子午線の繭』の「オルフォイスの地方」の短歌に拠って考えてきた前登志夫の「帰郷」の意味に哲学的な深さをつけ加えてくれるように思われる。

引用箇所につづけて、ハイデガーの考察はさらに「帰郷」の本質へと向かう。

「帰郷」とは、根源への近接に帰りゆくことである。

「帰郷」しうる人とは、ただ次のような人のみである。それは、あらかじめ、（おそらくは「さすらい人」として）「さすらい」の重荷を肩にになった人で、そして一たん根源そのものへ渡って行き、そこで探ねるものがいかなるものであるかを知り、その上で探求者として、「より経験を重ね」て帰り来る人である。

「「帰郷」とは、根源への近接に帰りゆくこと」だというハイデガーの評言を読むと、私たちの内耳の奥に響いてくる言葉がある。「ぼくが限りなく存在に近づいてゆくと、あるときぼくと樹の区別が曖昧になる。世界の中でいちばん貧しく沈黙してゐるとき、すべてのものはぼくに呼びかける。（後略）」。この詞書こそ、前登志夫がハイデガーのいうように根源的な意味で帰郷者であることを証するものであり、先の「II節」において指摘しておいたように、リルケから学び、その根源において、リルケから距たっていく前登志夫の詩的方法の一端を窺わせるものである。だからといって、リルケから距たってヘルダーリンに赴いたと言いたいのではない。言うなら、リルケの「世界内面空間」をさまよっているうちに、リルケの詩の基層でもあるヘルダーリン的な「帰郷」の本質にぶち当たったというほうが正鵠を射ているだろう。

　詩集『宇宙驛』を見るかぎりでは、ヘルダーリンの直接的な影響はむしろほとんど見られないように思われる。もし影響があるとすれば、伊東静雄を通して、ヘルダーリンは連嶺の斑雪のような光を投げかけているといったほうがいいだろう。しかし、歌集『子午線の繭』第三章の「交霊」の歌々を紡ぎ出す直前の前登志夫は、ハイデガーの言う「帰郷」の本質的な意味において、ヘルダーリンや伊東静雄と最も近い位置にいて、しかも、彼らの到着し得なかった場所へと向かっていたことは確かである。

　ヘルダーリンと伊東静雄の詩に拠りつつ、このことを少し検証してみる。ヘルダーリンの「帰郷——近親者に寄す」の最終連より終りの一〇行を抽く。

神なるものは、僭上の作法をうけはしない。
彼を捉えるには、われわれの喜びは殆どあまりにも小さい。
われわれは、しばしば沈黙しないわけにはいかない、
聖なる名称が欠けているのだ。
心は高く鼓動する、しかし言葉はそれに随《つ》いて行けないのか。
けれども、絃《いと》の弾奏《しらべ》はすべての時間に声を与え、

近づきつつある天上の霊たちをおそらくはよろこばせよう。
それが奏でられるとき、喜びの中にもまじる憂いは、すでになかば和らげられているのだ。
このような憂いを、好むと否とにかかわらず、
伶人《うたびと》は魂《こころ》のうちにしばしば抱《いだ》かねばならぬのだ、しかし他のひとびとはそうではない。

ここには、神の不在の近くに踏みとどまって、あるいは不在の神への近接を願って、その「憂い」に耐えている詩人がいる。その時代の「世界の中でいちばん」耐えている詩人の姿が見られる。そして、故郷喪失の近くに踏みとどまって、あるいは永久の帰郷を願って、痛い夢に耐えている伊東静雄の詩にも同じことはいえる。詩集『わがひとに与ふる哀歌』にある「帰郷者」の最終一〇行を抽く。

美しい故郷は
それが彼らの実に空しい宿題であることを
無数な古来の詩の賛美が証明する
曾てこの自然の中で
それと同じく美しく住民が生きたと
私は信じ得ない
ただ多くの不平と辛苦ののちに
晏如として彼らの皆が

あそ処《こ》で一基の墓となつてゐるのが
私を慰めいくらか幸福にしたのである

ヘルダーリンが「このような憂いを、好むと否とにかかわらず、／伶人《うたびと》は魂《こころ》のうちにしばしば抱《いだ》かねばならぬのだ、しかし他のひとびとはそうではない。」（傍点は引用者）とうたい、伊東静雄が「會てこの自然の中で／それと同じく美しく住民が生きたと／私は信じ得ない」（傍点は引用者）とうたうとき、傍点部のこの否定の痛切さは、「憂い」の深さ（ヘルダーリン）と「夢」の痛さ（伊東静雄）を伴って、それぞれの詩人が生きた時代に突き刺さっているのである。ヘルダーリンの「帰郷──近親者に寄す」を評したハイデガーは、「悲歌「帰郷」は帰郷についての一つの詩ではない。この悲歌は帰郷そのものである。」（傍点は原文）と言ったが、伊東静雄の詩「帰郷者」や「曠野の歌」も、前登志夫の歌集『子午線の繭』の歌々も、ハイデガーのこの評言を基層において考えていかなければならないのではないだろうか。

　しかし、「帰郷そのもの」である悲歌を紡ぎつづけることの困難さは、これらの詩を書いた後のヘルダーリンと伊東静雄の辿った運命や詩を見てみれば明らかである。

　ヘルダーリンは、この詩を書いた数年後には、絶望的なまでに精神の薄命に呑みこまれてしまう。詩的燃焼を遂げるまで精魂を傾けた作品を産み出しつづけることによって、精神まで燃え尽きてしまったのである。

　伊東静雄も痛ましかった。引用した詩句をふくむ第一詩集『わがひとに与ふる哀歌』のその時代に突出するような抒情は、さらに抒情に思索的な深まりを加えて、第二詩集『夏花』へと引き継がれていったのであったが、第三詩集『春のいそぎ』は円熟というにはあまりにも痛ましいほどに抒情が弛緩してしまっているように思われる。「帰郷」への道は、戦争という暗黒の時代によって断たれてしまったのであろうか。

ヘルダーリンも伊東静雄も（ヘルダーリンは「天上への帰郷」へと近づく「憂い」の深さにおいて、また伊東静雄は「永久《とわ》の帰郷」という「痛き夢」において）、いわば「帰郷そのものである」純粋な抒情をうたいあげ、響かすことはできたが、「帰郷」とは何かを根源的に問い直す前に、あるいは燃え尽き、あるいは時代に強いられて、二人ともみずみずしい抒情を枯渇させてしまったのである。

この二人の詩人を通して、そして彼らよりも、おそらく前登志夫は、吉野の父祖の村に帰るに際して、帰郷とは何か、という問いに自らの詩的運命を賭けるほど自覚的であろうとしただろう。父祖の地で、「帰郷」以後の詩的運命を切り開くことができるかどうかを真剣に考えるがゆえに、二人の詩人が辿った詩の狂気と弛緩のはざまで逡巡もし、苦しみもしたことだろう。歌集『子午線の繭』の後記に見るように、「生の激湍のやうな」苦しみの中から、短歌は「異常噴火」したように思われるのである。

このようにして誕生した歌集『子午線の繭』の冒頭の「かなしみは明るさゆゑにきたりけり一本の樹の翳らひにけり」の一首に、ヘルダーリンと伊東静雄の「帰郷そのもの」として奏でられ、時代の薄明へと呑みこまれた詩的運命をも担いながら、「帰郷」以後へと踏み出そうとしている前登志夫の含羞を帯びた自負の翳りを読みとることはできないだろうか。ヘルダーリンの「けれども、絃《いと》の弾奏《しらべ》はすべての時間に声を与え、／近づきつつある天上の霊たちをおそらくはよろこばせよう。／それが奏でられるとき、喜びの中にもまじる憂いは、すでになかば和らげられているのだ。」という詩句や、伊東静雄の「（行つてお前のその憂愁の深さほどに／明るくかし処《こ》を彩れ）と」という詩句に翳らいながら、この一首は一本の樹として自立し始めていないだろうか。「もし悲しみが、その深所において、最も喜ばしきものに至る喜びでないとするなら、悲しみの中にあるかの大いなる力をもつ内的な光は、いったいどこから来るのであろうか」という、ヘルダーリンの帰郷の本質を鋭く洞察しているハイデガーのこの言葉を、前登志夫もこの一首において歩み始めたように思われる。

しかも、この翳ろう一本の樹は、現代詩の苦しい創作を通して到達した〈自然の中に再び人間を樹てる〉という困難で強靭な認識の根を伸ばしていることを忘れてはならない。この認識こそ、ヘルダーリンも伊東静雄もついに到達し得なかった、前登志夫自身の詩的運命への批評でもある。このような詩的認識が、言葉そのものとなって、「オルフォイスの地方」をがつがつとさまよい、ついに「いくたびか戸口の外に佇つものを樹と呼びてをり犯すことなき」と詠われた樹に姿を変え、本来の自己に帰るべき非在の村の戸口に佇ち、誰も経験したことのない根源的な「帰郷」を果たそうと、夕闇が訪れて来るのを詩人が静かに待っているところに、いま立ち合おうとしているのである。

IV

夕闇にまぎれて村に近づけば盗賊のごとくわれは華やぐ

前登志夫の「帰郷」の現場である歌集『子午線の繭』の第三章「交霊」の章は、「時間」という一連の人口に膾炙したこの一首から始まる。そして私がもっている歌集『子午線の繭』の扉の裏には、前登志夫の自筆のこの歌が墨書されている。(といっても、私がもっている歌集『子午線の繭』は、私が京都で学生時代を送っていた当時、京大短歌会にいたM君が、全ページを青焼きコピーし、ハードカバーの表紙で装丁して、私に贈呈してくれたものである。この有難い手作りの歌集『子午線の繭』を何度読み返したことだろう、国文社や小沢書店の「前登志夫歌集」が発行された後でさえ。読むたびに青く墨書されたこの一首が署名を伴って目に飛び込んできた。)このことは、歌集発行当時より、前登志夫自身がこの一首に愛着と自負をもっていたことを示しているだろう。

この一首は、読者それぞれの近づき方によって、読者自身の意識の在り処《ど》が炙り出されるような秀歌である。だから多くの評者によって取り上げられているが、ここではふたたび日高堯子の『山上のコスモロジー』の鑑賞や批評を追いながら、現代において「帰郷とは何か」ということをこの一首に基づいて見ていくことにする。

「「盗賊の華やぎ」という言葉は、人が異域を犯すときの暗い昂揚感を鮮やかにいいあてた比喩である」とこの一首の本質をまず明らかにしつつ、他のどんな評者よりも日高堯子は、この一首に詠まれた「村」にこだわる。「このときの「村」は、なによりもまず、詩人としての帰郷を賭けた場であったのであり、生活の場としての意味は、それに比べたらはるかに小さなものだったと思われる」と。そして、この一首の前におかれた「……人はふたたび、村の向う側から、死者のやうに歩いてこなければならない。芳ばしい汗と、世界の問をもつて――」という詞書を敷衍しながら、「村を越えた村の向う側、つまり死者たちの領域である異界からの視点を明確に打ち出している」と指摘し、「「夕闇にまぎれ」、世界と自己との関係をもう一度深い沈黙のなかに戻し、村の向う側から死者とともに歩き出す。「芳ばしい汗」に象徴される真の存在と、「世界の問」、つまり言葉の蘇生とがそこには賭けられていた」という深い洞察を加えている。

日高堯子のこの洞察のなかの「異界からの視点」と「言葉の蘇生」というキーワードは、この一首に詠みこまれた帰郷の現場へと私たちを連れて行ってくれる。しかしながら、「詩人としての帰郷を賭けた場」である村に帰りゆくこと、つまりハイデガーの言う「根源への近接に帰りゆくこと」は歌としていかに果たされ得るのか、という問いに対する具体的な分析は、どうやらまだ宿題として残されているようである。

「帰郷」という詩的認識への第一歩として、ヘルダーリンや伊東静雄の詩と対照させながら考察してきた歌集『子午線の繭』の第一章「樹」の冒頭の「かなしみは……」の一首と、日高堯子が「詩人としての帰郷を賭けた」と評した「夕闇にまぎれて……」の一首を並べて比較してみると、「夕闇にまぎれて……」の一首のほうが、その詩的認識を深めつつ、そして歌の構造自体をドラスティックに変えつつ、歌として根源的な「帰郷」へと踏み出そうとしていると言うことができるかもしれない。

並べて抽く。

かなしみは明るさゆゑにきたりけり一本の樹の翳らひにけり

夕闇にまぎれて村に近づけば盗賊のごとくわれは華やぐ

こうして並べて抽くと、歌の構造において、明らかに一首目と二首目では、上の句と下の句の転換が起こっていることが見てとれる。一首目の上の句は、ハイデガーの言う「悲しみの中にあるかの大いなる力をもつ内的な光」が放つ「明るさ」をたたえた恩寵のような詩的運命として「異常噴火」のように直観された詩的認識であった。この認識に対応するかのような二首目の下の句は、「盗賊のごとく」という比喩によって、根源的な意味をもつことになる「帰郷」を前にした「われ」の不安を宿した心おどりを示し、詩的さすらいの後に辿りついた「帰郷」という詩的運命としての短歌を受容してゆく「華やぎ」を終句に見ることができる。

一首目の上の句の詩的認識は、第三句の「きたりけり」に見られるように、「異常噴火」としての自然発生的な感受であるが、二首目の下の句の譬喩と華やぎは、第三句の「近づけば」が文字どおりに示しているように、ハイデガーの言う「根源への近接に帰りゆくこと」である帰郷へのこの主体的な姿勢において、深い意味と陰翳を帯びることになるのである。

一首目の下の句にうつると、「一本の樹」を、森と村の境界に佇つ存在者の根源的な開示を告げるものの形象として考察した。一つの世界の開示としての「明るさ」と、その世界を育んできた基層としての「翳り」を、この「一本の樹」に見てきた。この「樹」に対応するのが、二首目の上の句の「村」であるが、その「村」はいま「夕闇」のなかにとっぷりと沈んでいる。その「夕闇」は、そこから「われ」がやって来た縄文の彼方へと連なり、そこへと「われ」が帰ってゆく未来として息づく原初の闇である。住民の数よりも死者のほうが多い、分厚い時間をたたえた闇。「人はふたたび、村の向う側から、死者のやうに歩いてこなければならない」という詞書の一節が、「夕闇」につつまれた「村」のなかから聞こえてくるかのようである。

一首目から二首目への歌の深まりは、単に歌の構造上の問題からだけ起こってきているのではない。一首目の根源的ではあるが静的な詩的認識から出発し、「オルフォイスの地方」をさまよった後に、二首目の「夕闇にまぎれて」「村に近づ」くという秘儀のような「帰郷」という行為を通して、その詩的認識は一首目から二首目へドラスティックな深まりを見せるのである。「帰郷」とは、帰るべき「村」がたたえている分厚い時間を盗むという暗い華やぎである。しかしながら、帰るべき「村」がたたえている時間の漆黒の闇は深い。

帰るとは幻ならむ麦の香の熟るる谷間にいくたびか問ふ
帰るとはつひの処刑《しおき》か谷間より湧きくる蛍いくつ数へし

分厚い時間の闇に突き刺さる帰郷者の問い自体が、麦の香や谷間から湧きくる蛍のように、その闇を開く歌となっていく。

3　時間の村

I

前章の最後に抽いた一首、

帰るとは幻ならむ麦の香の熟るる谷間にいくたびか問ふ

に触れて、佐佐木幸綱は、一九九六（平成八）年の「短歌研究」八月号において、次のように批評している。

日本が、政治的にも経済的にも前のめりになっていた高度経済成長の時代。みな、どこかへ行こうとしていたその時代に、私たちは『子午線の繭』によって、「行く」のではなく「帰る」ことをうたう意味を、するどく問われたのだった。

この一首が発表されたのは、一九六一（昭和三十六）年であるが、私がこの一首と出会った一九七〇（昭和四十五）年前後は、高度経済成長の破綻が見えてきて、私たちが進むべき方向を見失った時代であった。空は「公害」の煙で汚れ、川も海も「ヘドロ」に汚れた。「新左翼」と呼ばれた学生運動も「赤軍」に代表される極左化傾向を強めて自滅し、「楯の会」を率いた作家三島由紀夫の割腹自殺は、さらに時代を見えにくくさせた。

世界に何が起こっているのか知りたかった。マルクスも読んだ。ドストエフスキーも、フォークナーも読んだ。保田與重郎も読んだ。友人を頼って東京へよく出かけたのもこの頃である。向かうべき方向はわからないが、ともかくどこかへ行こうとしていた。

そんな時に『子午線の繭』も読んだ。

それ以後、「帰るとは幻ならむ……」、「帰るとはつひの処刑《しおき》か……」という歌々が脅迫観念のように私の頭の片隅に棲みついた。呪文のように呟きながら歩んでいた。「帰る」ということの意味が歩みを重くした。

歩みつつ言葉はありきわが刈らむ麦の穂の闇に鋭し

自分から洩れでた一首であるかのようにこの歌はあった。京都の下宿を引き払うとき、「故郷」という大きな宿題だけが、私の引っ越し荷物であった。

しかし、これらの歌を理解していたわけではなかった。章題の「交霊」とは何か。なぜ、この一連には「時間」という題がつけられているのか。そして、「時間」とは何か。

佐佐木幸綱は、先の引用文につづけて、「一首の性的イメージは、〈個〉に添って孤独を見ようとする視座によるのだろう」という卓見を述べている。この一首については、「帰る」ということにこだわって考えてきていたので、特に「一首の性的イメージ」という視点は新鮮であった。この視点についてはあらためて考える機会をもちたい。

そして、佐佐木幸綱の言う「〈個〉に添って孤独を見ようとする視座」は、前衛短歌が「反短歌」の収穫をあげつつも、すでに停滞を言われつつある時代の前登志夫の孤独な文学意識を反映していると考えられる。

一九六二（昭和三十七）年、「短歌」八月号に発表した「転形期における伝統意識」という評論のなかで、すでに前登志夫独自の短歌への視座が述べられている。塚本邦雄や岡井隆などの前衛歌人の短歌作品に拠って、前衛短歌の収穫や成果を検証しつつも、それらの作品のもつ息苦しさや窮屈さを指摘し、そしてその息苦しさや窮屈さは、外界のつよい手応えのなさから来ていると看破している。このような前登志夫の反時代的な文学意識は、前衛短歌から大きく距たっており、前衛短歌からも時代からも離れて、ひとり内なる村へとその歩みをつづけざるをえないのである。

　人間のすべての営為をはるかに越えて、無表情に廃墟としてしまうような場所にたって、意味もない呟きを、ぼくらがリフレーンするのは、おそろしく古い原初の姿であり、明日のことでもあるのだ。前衛短歌にいまほしいものの一つは、社会的事象でもないし、〈私性〉でもなく、意味もないリフレーンに象徴される、世界との関わり方であろう。（中略）形式がぼくらに必要であるのは（かつて歌は意味もないリフレーンであった）、外界によってぼくらが解体され、小さな点となり、無限に流されていく存在であるからなのだ。したがって、一つの作品に外界の手応えのたしかさを読みとるのは、死がそうであるような一つの時間に飛躍する、モチーフの動きによって存在する。それは多く、意味もない言葉のリフレーンだったし、リズムであったし、ぼくらに繰り返しを強いる運動だった。（傍点は引用者）

ここには、前衛短歌への方法論的な注文が出されているが、それはそのまま前登志夫の方法論なのである。歌は、意味もない言葉のリフレーンやリズムによって、「一つの時間（という死のような「遥かな時間」）に飛躍」するための形式として考えられている。世界や時間を受容するための器が歌である、と。前登志夫は、歌においてどのような世界や時間に飛躍し、歌によってどのような世界や時間を受容しようとしていたのか。

一九六六（昭和四十一）年に出版された『吉野紀行』に、前登志夫は、その頃の時間意識について「歩みつつ」考えたことをちりばめている。

ひとすじの青い帯、吉野川はしばらくの車窓から眺めても数千年の感情の所有者であることを感じる。……

吉野越えの峠がおのおのにもっている情緒は、山国の暮らしとふるい歴史が一木一草に刻まれ、それぞれに表情を持っている。……

私が青山として長らく眺めていた場所が、何百年こまやかに人間が生活してきた村であったという不覚にちかいおどろきをおぼえた。……

陰峠《ほと》と呼んでみて、ここに最初に住みついた人たちのひそかな歓びを思ってみた。（中略）

何百年、何千年人間がけだものとまぎれながら、青い燐光《りん》を放ちながら、だまって越えていった抽象の峠を思った。　　　　　　　　　　　　　　　　　　　　（「吉野へ越える峠」）

これらの文をふくむ『吉野紀行』に触れて、吉本隆明は、「吉野の奥をさがすことは歴史の原基をさがすこと、歴史がまだ胎児であったころの無意識の構造をさがすこととおなじなのだ」（「前登志夫の呪術性と野性」）と評したが、確かにこれらの文には、「川」に、「一木一草」に、「村」に、「峠」に、吉野の歴史の感情の襞を深く読みこもうとしているまなざしが感じられる。風土の感情としての吉野の歴史の奥深くへ踏み入ったたましいには、現代文明の浅薄さや虚妄性は尖鋭的な脅威となるのである。前登志夫が帰郷した現実の村にも、現代文明の虚像化の波は刺客のように押し寄せて来ていた。

一九七四（昭和四十九）年、「短歌」に連載を開始した「歌の思想」（のち、『明るき寂寥』所収）の第二回目を、前登志夫は次のように書き出している。

「村」という時間的協同体の崩壊していく姿に、わたしはさまざまな場所で立会っている。（中略）「村」はもう早く亡びてしまったともいえる。今わたしの眺めているものは幻影なのか。それともトカゲの尻尾のように、切られてもきられてもうごめいているものなのか。

痛切な認識である。だからこそ、前登志夫は吉野の歴史の奥へと踏み入った非在の時空に、言葉の始源性を恢復しつつ、「村」を創らざるをえないのである。

今日、故郷というもの、あるいはその「村」が、わたしたちにトカゲの尻尾のごとく生きて在るとすれば、いわば、非在とのコレスポンダンスである。わたしたちが、「村」をうたうのではなく、「村」がわたしたちのあるべき生を歌うのである。わたしたちの意識の醒めきった極限において、いかなる目的も意図もなく自然発生的にきこえる「歌」ほど、人間の生にとって運命的なものはない。

II

詩集『宇宙驛』の「あとがき」に〈自然の中に再び人間を樹てる〉と書いてから四十年、前登志夫はこのテーマだけをひたすら追究してきたと考えていい。吉野の奥へ、奥へと思索を深めていったのである。そして、植林した思想の苗木をどっしりとした存在の樹木にまで育ててきたという意味において、前登志夫を現代の「樵り」と呼んでさしつかえない。その思想は、私たちが耳を傾けさえすれば樹木の葉擦れのように風に鳴っている。最新刊の『木々の声』(一九九六〔平成八〕年十二月)で、前登志夫は、「村へ帰るわたしを、一人の盗賊のように扮装させたり、犯罪者のように仕立てたりした村は崩壊した」という述懐につづけて、次のようにその思索の深まりを平明な言葉で語っている。

かつてわたしがあんなに脅《おび》えた村とは何だったのか。わたしは何に脅えていたのだろう。わたしが脅えるほどの村なんてどこにもなかったのかもしれない。わたしが脅えていたのは、わたしの意識の底の方にあぶり出された自分の影だったともいえる。わたしの近代的な自我をからくも支えている深層の闇としての村である。

だから、産土《うぶすな》の村は確実に存在していながら、ぬきさしならぬ暗喩でもあった。自分の意識をかぎりなく超える存在の根源的な時間の暗喩であった。

（「秋の炎」）


そのころから奇妙なことに、わたしはどちらかといえばそこにある村里から歌うのではなく、すでに失われた非在の村を創造しようとしていたようにおもわれる。村のはじまりのような始源的な世界を再創造するものとして言葉があり、歌が存在した。

（「椿の森」）


どの引用文にも明らかなように、前登志夫は〈自然の中に再び人間を樹てる〉というテーマを繰り返し語っているにすぎない。しかし、村の奥深くへと、風土の奥深くへと響かせた歌の思想は、歳月とともに幹を太らせ、枝葉を大きく繁らせている。この歌の言葉として創造された「非在の村」は、第1章の「森の力」でフォークナーの小説群との比較によって明らかにしたように、「自分を取り巻く文化の基層を、血まみれになって掘り進み、突き貫けたときに到達される非在空間によって、今度はフォークナー自身をも含んだ卑小で猥雑な現実世界が批判されはじめるという」現実世界を脅かす構造をもちつつ、人間としての私たちの存在をありありと確かめるための「村」でもある。

「自分の意識をかぎりなく超える存在の根源的な時間の暗喩で」ある「村」へ、「交霊」以後の歌に拠って、ふかぶかと踏み入って行こう。

暗道《くらみち》のわれの歩みにまつはれる蛍ありわれはいかなる河か

一九七六（昭和五十一）年に出版された評論集『山河慟哭』の「歌と近代」に注記された星野徹のこの一首への批評は、私がうすうす感じていたこの「われ」の悠久さを、思想の言葉として分析していて衝撃的ですらあった。この歌の批評の嚆矢として引用しておく。

〈われ〉は、すでに、前登志夫という個の姿を脱ぎ棄てて、悠久の太古から流れつづけてきた原時間、その原時間を構成する集合的な〈われ〉へと拡大されてゆく。かつて、万葉の詠み人知らずの歌を成立せしめ、また和泉式部の〈物思へば沢の蛍も我身よりあくがれ出づる玉かとぞみる〉のような歌をも、ときに生み出しながら、歴史の裏側を、現代の時点に到るまで流れくだってきた〈われ〉、そのおびただしい数の〈われ〉へと拡大され、ここからその〈われ〉の連続性そのものを表象するのが、〈河〉であることにもなる。

茂吉の歌集『赤光』の「悲報来」の一首〈ほのぼのとおのれ光りてながれたる蛍を殺すわが道くらし〉や、白秋の詩集『思ひ出』の「序詩」の第一連〈思ひ出は首すぢの赤い蛍の／午後《ひるすぎ》のおぼつかない触覚《てざはり》のやうに、／ふうわりと青みを帯びた／光るとも見えぬ光？〉の詩句や、もちろん和泉式部の歌もこの一首のしらべの中に流れているのをうすうす感じていた。『日本書紀』の〈遂《つひ》に皇孫《すめみま》天津《あまつ》彦火《ひこほの》瓊瓊杵尊《ににぎのみこと》を立てて葦原の中つ国の主《きみ》と為むと欲《おもほ》せども、その地《くに》に多《さは》に蛍火《ほたるび》の光《かがや》く神、また蠅声《さばへな》す邪《あら》ぶる神あり。また草木咸《みな》能く言語《ことど》ふことあり〉のような記述も意識に浮かんではいたが、星野徹の批評を目にするまで、近代から古代へと突き貫ける蛍の光を追うことはできないでいた。「そのおびただしい数の〈われ〉へと拡大され、ここからその〈われ〉の連続性そのものを表象するのが、〈河〉であることにもなる」という評言には、原時間からの連続性としての河を、おびただしい数の〈われ〉へと流れ込んだ言葉の光を明滅させる蛍が、近代から古代へと溯っていくのをイメージさせるものがある。原時間からの連続性そのものを表象する河とは、『吉野紀行』に次のように書かれている河である。

そのたゆみない静かな流れをみていると、川は未来にむかって流れるのではなく、未来からかぎりなく記憶にむかって流れているような気がする。その透明なフォルムの流れに石斧《せきふ》や石鏃《せきぞく》をもった古代人が映っている。

（「水の精霊」）

また、一九八三（昭和五十八）年に出版された『吉野日記』にも、この一首の自歌自注的な記述がなされている。

麦の秋のころ、バスを降りて、川沿いの谷間の村を歩いて帰ると、山田の蛙の声とともに蛍がわたしの歩行に連れて戯れるようにしばらくついてくるようなことが再三あった。わたしの帰郷を拒んでいるのか、それとも歓迎してくれるしるしなのであるか。あるいは、わたしの歩みを河だと錯覚しているのか。わたしが河だとすれば、夜のほうへ、そして山の頂の方へ逆に流れている時間の河だ。

（「山道に迷う」）

しかし、こうすっきりと自歌自注されると、何かが洩れ落ちているという感じが拭いきれない。それはこの一首がもっている切実な気息である。現実の村の奥深くへと突き刺さっていく切実な問いのこもった気息である。下の句の〈……蛍あり・われはいかなる河か〉のもつ句またがりの切羽詰まった気息は、〈蛍〉と〈われ〉との、〈われ〉と〈河〉との、〈蛍〉と〈河〉との関係性の緊密さからくるものである。「山道に迷う」の結語の一文において、「われを他力のなかに見出す道を、この二十年、迷いながら知っただけかもしれない」（傍点は原文）と言っている切実さからくるものであろう。「われを他力のなかに見出す道」とはどのような思いなのか。

すでにみたように、上の句には、〈われ〉と〈蛍〉との間に、近代から古代へと突き貫け、はるか縄文の闇を照らし出す非在の時間が戦ぎ始めている。〈蛍〉は〈すだま〉であり、〈もののけ〉の表象である。そして、〈われはいかなる河か〉と問う〈われ〉は、蛍の明滅につれて、「未来からかぎりなく記憶にむかって流れている」河に、古代人の顔を映し出し始める。一首に二度出てくる〈われ〉は、〈われ〉と〈蛍〉との関係と、〈われ〉と〈河〉との関係を、その始源性において見ようとする装置である。〈われ〉と〈もの〉との始源の関係が見えてくると、〈蛍〉と〈河〉との新しい関係が一首において始まる。この一首がもっている切羽詰まった気息とは、〈われ〉と〈もの〉との、〈もの〉と〈もの〉との新しい関係が始まる「始源の時間」の息づきである。

III

一九九二（平成四）年の「短歌」七月号の「大特集・前登志夫の世界」の〈秀歌鑑賞〉に、栗木京子は「暗道《くらみち》のわれの歩みにまつはれる蛍ありわれはいかなる河か」を取り上げて、この一首のもつ気息を「暗闇の中をおもむろに昇りつめて次の瞬間ガーッと急降下するジェットコースターに似ている」と述べている。現代的な感覚で言い得て妙である。そして「川ではなく河」の字が選ばれていることに言及しつつ次のように分析している。

また、河には川にはないかすかな濁りがあるように感じられる。そのことが、「われはいかなる河か」と呟く作者の、壮年の男の体臭のようなものを仄かに伝えてくる。それはそのまま歌の奥行きの深さへと繋がってゆく気息である。

栗木京子は「壮年の男の体臭のようなもの」を否定的に取っているのではなくて、むしろ「歌の奥行きの深さ」へと繋げている。ある意味で官能的なこのような読み方は私にはできないので、この批評は心に残っている。それぞれの読み方があっていいし、私も前節でこの一首の自分なりの読み方を示した。前登志夫の歌の世界がかけがえがないのは、前登志夫が絶えず歌の発生する場所、つまりいのちの源から歌おうとしているからであるということを示そうとした。おそらく栗木京子は、その「いのちの源」へ向かって歩もうとしている旅人の「体臭」をほのかにかいだのだろう。

「交霊」の章の最初の「時間」という一連は、「時間」というタイトルがつけられているにもかかわらず、「時間」という言葉を使った歌は一首もない。一連を読みすすむにつれて、歌においては「われ」と「もの」との関係が瑞々しく顕ちあらわれ、「始源の時間」が一首一首に息づいているのが感じられるだけである。

だから、「時間」というタイトルは、「オルフォイスの地方」の章の「叫ぶ」の一連の第三番目の詞書の「ぼくは時間の燃える一つの村だ。」にその意識の根をおろしていると考えたほうがよい。

この時間意識が「交霊」の章へとなだれこみ、タイトルとして選ばれたと思われる。しかし、そこに詠まれた時間は『創世記』の夜のように冥いくらい時間である。

夕闇にまぎれて村に近づけば盗賊のごとくわれは華やぐ
歩みつつ言葉はありきわが刈らむ麦の穂の闇に鋭し
暗道《くらみち》のわれの歩みにまつはれる蛍ありわれはいかなる河か
村暗しその睡眠のはるけきを探ねゆく馬いまはあらざり
ぬばたまの夜の村あり高みにて釘を打つ音谷間に聴けり
夜のまにいくほど落ちる村ならむミロの「農場」を恋へり、斜面にて

『子午線の繭』の「樹」や「オルフォイスの地方」の歌々を特徴づけていた、観念のしたたりとしての抽象性の高いイメージの角は少し丸みを帯びたが、現実の村の奥はるかへとさまざまな事

物と新たな関係を結びながら歩いていく時間の跫音は、引用した一首一首から確かに聴こえてくる。一首目には、前章で見たように、「村」が秘めているふかぶかとした時間へ近づいて行く「われ」の原初的な時間が、「盗賊」のように暗く華やぎながら息づいている。二首目は、この時間の村へ歩み入るにつれて、「われ」と「言葉」の間にも新しい関係が始まる。しかしその関係は、「われ」が呟いた言葉によって、闇にほのかに照らし出された麦の穂のようにまだ鋭さを残している関係である。三首目は、これもすでに考察してきたので重ねての言及は避けるが、蛍は暗道の時間の歩みに明滅しつつ、未来という「時間」をほのかに明るませているように感じさせられる。

　四首目は、村の暗さがその村の「睡眠」＝歴史的時間のはるけさを暗示しているが、そのはるけさを「探ねゆく馬」＝手段＝言葉はいまはないというのである。この「時間」一連の詞書の「……人はふたたび、村の向ぅ側から、死者のやぅに歩いてこなければならない。芳ばしい汗と、世界の問をもつて――」という意味を最も運んでいる一首である。この詞書を分析した日高堯子の『山上のコスモロジー』のなかの評言「「夕闇にまぎれ」、世界と自己との関係をもう一度深い沈黙のなかに戻し、村の向う側から死者とともに歩き出す。「芳ばしい汗」に象徴される真の存在と、「世界の問」、つまり言葉の蘇生がそこには賭けられていた」は、前章でも引用し考察したが、しかし呑み込みの遅い私は、この一首とともにもっと根源的で単純な次のような問いのなかに取り残されている。「死」とは何か、「死者」とは誰か。「世界」とは何か、言葉においてどんな「世界」を蘇生させようとするのか。単純であるが、実存的な重い問いがまだ漆黒の村をつつんでいる。

五首目には、すでに非在の村を創る始源の釘音が響いている。ハイデガーの『存在と時間』の哲学を基層に据えた思索の響きが聴こえる。「高みにて」ハンマーに打たれる釘という道具は、ハンマーが釘を打つという適切な用途のもとで使用されたとき、適切な所をえたといえるのであり、そのように「存在者［道具的存在］を適所性という存在様式において出会わせる基盤……、そうした場が世界という現象なのである」（原佑・渡辺二郎訳）とハイデガーは言う。しかし、この一首には、釘のような適所全体性として自分は存在していないという苦い認識も響いているように思われる。「谷間」に響いているのは、高所にある自分の家へ帰る坂道を辿っているときに、その高所にある「夜の村」のいずれの家からか聴こえてきた現実の「釘を打つ音」であり、ハンマーと釘という道具的存在が響かす「適所性という存在様式において出会わせる基盤」としての「世界」の問いを打つ音である。「世界」の問いを打ち出す音は聴こえているけれども、「世界」のなかでの己れの「適所性」の基盤はなかなかつかむことができず、その音の聴こえてくる谷間から存在の高みへとあえぎながら坂道を辿っている前登志夫の後ろ姿が見える。その前登志夫が手に持ち運んでいるのは言葉のハンマーと言葉の釘である。

六首目の下の句の「ミロの「農場」」の絵とは、画集の東野芳明の解説から引用すれば、「この絵はわたしに親しかったすべてのもの、家の傍の足跡さえも再現している」とミロが自ら語っている絵である。ミロの育ったモンロチという村の現実のすべて、「家の傍の足跡」以外にも、樹木、トウモロコシ、馬、犬、山羊、鶏、小鳥、斧、牛乳搾乳罐、バケツ、如雨露、幌をかけた荷車、納屋、満月などが、ミロの特質である幻想的な内面の世界として描かれている。月の光とミロの想像力に照らし出されたさまざまな事物が、観る者の内面において、永遠の夜の時間を刻み始める絵である。ここには、すでに五首目の歌で見てきたように、さまざまな道具や家畜を手段性、用途性、適具性、適所性という存在様式において出会わせる基盤である世界が描かれている。ハイデガーが有意義性と名づけた、「これらの諸関連は根源的な全体性としておたがいに結びつけられている」という道具や家畜と現存在＝人間との「有意義化のはたらき」の関連全体が描かれている。この絵には「世界」について考えるためのすべてがある。苦労してこの絵を買い取った若き日の小説家へミングウェイのどうしても手に入れたいという気持ちがわかるような気がする。

しかし、ハイデガーは「こうした（道具的存在性との―引用者注）親密性において現存在は、世界内部的に出会われるものにおのれを喪失して、このものによって気を奪われる」とも指摘する。「世界内部的に出会われるもの」とは道具的関連性においてつながっている他者であり、その他者によって押しつけられる世界である。その世界に「おのれを喪失」するとはどういうことであろうか。

ハイデガーはこの状態を「頽落《たいらく》」と呼ぶ。「このように何かのもと（現存在は差しあたって、たいていは配慮的に気遣われた「世界」―引用者注）に没入しているということは、多くは、世人（主体性を失って誰でもない者になってしまった現存在―引用者注）の公共性のうちへと喪失されているという性格をもっている。現存在は、本来的な自己存在しうることとしてのおのれ自身から、差しあたってつねにすでに脱落してしまって、「世界」に頽落してしまっている」。このような意識が上の句「夜のまにいくほど落ちる村ならむ」に揺曳してはいないだろうか。

つまり、世界あるいは村の内部で出会うさまざまな存在者と親しみ、そのもとで存在することによって、世界あるいは村の内部に自己を見失ってしまっているのではないかという前登志夫の苦い意識が、「いくほど落ちる村ならむ」という詩的認識にしたたっているように思われるのである。世俗的な村も自己も「夜のまに」本来的な世界から、あるいは本来的な自己から、ズルズルと落ちていくのである。だから、ミロが「農場」という絵によって描いた非在の村の内面を恋いつつ、前登志夫は、自分がこれから本来的な自己として拠って立とうとしている現実の「斜面」へと、自己の「適所性という存在様式」としての言葉によって、本来的な自己を引き寄せなければならないのである。終句の読点によって切断された深い間《ま》から、自負と自己処罰の深い溜め息が聴こえてくる。

IV

一九七八（昭和五十三）年に出版された『存在の秋』の中で、前登志夫は、いままで見てきたのとほぼ同じ六首を抽いて、「山人の意識の半球」という題のエッセイに、これらの歌を詠んだときの思いを次のように自己分析している。

わたしはこういう自己処罰のかたちで、自らの戦後を超えようと企んでいたようだ。……そして、愛すべき日本のソネットとしての短歌が、どうやらわたしの製作意図や知識をこえた血脈のふかい部分からやってくるものだと観念するにつれて、わたしを歌わせているものがあたに気になりはじめた。（中略）山びととしてのわたしの自覚には、現代という合理の怪物に

追いつめられた、「聖なるもののけ」たちの世界への讃歌が基調としてあった。(傍点は引用者)

傍点をつけた「自己処罰」は、「交霊」の章を詠んだ頃の前登志夫が、非本来的自己としての「頽落」という在り方を自己批判している尖鋭化された意識である。もう少しハイデガーの『存在と時間』に拠ってこの意識をさぐれば、この意識は「現存在は、けっしておのれの根拠に先んじて実存にもとづきつつ存在していることはなく、そのつど、おのれの根拠のうちから、またおのれの根拠としてのみ実存にもとづきつつ存在している」(傍点は原文)という現存在の非力さの苦い自覚である。「しかもこの非力さこそ、頽落における非本来的な現存在という非力さの可能性にとっての根拠なのだが、現存在はそのつどすでにそうした頽落としてつねに現事実的に存在しているのである。」(傍点は原文)

雪崩するわが三十歳《さんじふ》の受苦なれば両手を垂れむ卑しき群に
乾草を積むゴム車われの影轢《ひ》きて匂へりなつかしき死を
みひらきて酒場《バー》の止り木より墜ちつづく孤りの性は鳥のごときか
生きながら伝説となる悔ありき扉《ドア》叩きくる蛾のひとつ群

非本来的自己として同時に世人として、頽落しつつ、世界や世界内部的に出会われるものと親しんで、自己を喪失していることを自覚しているように思われる歌を引用した。「卑しき群」「蛾のひとつ群」、このように群れを歌うことによって、前登志夫は群れの中に喪失している自己を浮かび上がらせる。「雪崩するわが三十歳《さんじふ》の受苦なれば」、「生きながら伝説となる悔ありき」という言葉は、痛切な頽落の意識を刻んでいる。この群れ意識の対極にあるのが、「われの影」、「孤りの性」と歌われる在り方であるが、死臭を放ち、墜ちつづける存在として、本来的な自己からは程遠く、頽落の位相は群れの中の自己と変りはないといわなければならない。現存在がこうした非力さの根拠であることを、ハイデガーは「責めあり」と呼んでいる。そして、この責めある存在としての苦い在り方こそ、前登志夫の自己処罰であろう。

寒空のかたき記憶のはがれきて埋れるごとき刑《しおき》もありぬ
森の前に斧鍬鎌の相寄れるいかなる者の処刑《しおき》にかあらむ
帰るとはつひの処刑《しおき》か谷間より湧きくる蛍いくつ数へし
溯るはがねの鰭《ひれ》の幾百は激《たぎ》ちにをどりわれを責むるも

刑、処刑、責むるという言葉が示すように、「責めある存在」としての自覚から詠まれたように思われるこれらの歌は、先に引用した「頽落」としての自己喪失を示していた歌よりも存在に関していっそう根源的である。これらの歌の基層にあるのは、「責めある存在」であるかぎり、良心の呼び声において本来的自己が呼び開かれるということが可能になるというハイデガーの実存思想だと私は考えている。

呼び声は、現存在の最も根源的な存在しうることを責めある存在として開示するのである。

したがって良心は、現存在の存在に属する一つの証しとしてあらわになるのだが、この証しのうちで良心は、現存在自身をその最も固有な存在しうることの前へと呼ぶのである。（傍点は原文）

おのれ固有の実存へと呼び開く「責めあり」という良心の声は、責めある存在をめがけて呼び進めるのであるが、「良心は、ただ沈黙しつつ呼ぶだけなのである。言いかえれば、呼び声は、不気味さという無言の静寂のうちからやってきて、呼び開かれた現存在を、静まりかえるべきものとして、現存在自身の静けさのうちへと呼び返すのである」。ハイデガーの言うこの「良心」こそが前登志夫にとっては「歌」であった。前にも引用したが、前登志夫が、「短歌」に連載した「歌の思想」において、次のように書いていたことをもう一度抽いて、これまで考察してきたことの確認としたい。「わたしたちが、「村」をうたうのではなく、「村」がわたしたちのあるべき生を歌うのである。わたしたちの意識の醒めきった極限において、いかなる目的も意図もなく自然発生的にきこえる「歌」ほど、人間の生にとって運命的なものはない」。

「人間の生にとって運命的なもの」である「歌」として良心の現象において証しされる本来的な自己を、死へとかかわる存在の全体性として現在の痛切な認識から紡いでいくという覚悟である。

あけはなつ真夏の部屋に入《はひ》りくる甲蟲も尾根もみな死者のもの
死者たちは未来に目覚む霧のなか紫陽花を何本も挿木す
嘆かへば鉾立つ杉の蒼々と炎《ほむら》をなしき、死者は稚し

水分《みくまり》にわれの墓あれ　村七つ、七つの音の相寄る処

これらの歌の「未来に目覚む」る死者たちは、まだ随分と若々しいが、「時間」一連の最後のほうに置かれた四首目には、本来的全体性としてのおのれの死が詠まれている。ここには、「村七つ、七つの音の相寄る処」という意味もない言葉のリフレーンやリズムでさえも、遥かな時間に飛躍させる歌という形式の力が息づいている。この「遥かな時間」を歌において生きる決意こそ、「既在（〔世界〕の内ですでに存在している）しつつある現成化（〔世界内部的に出会われる存在者〕のもとでの存在）する到来（おのれに先んじて、おのれの最も固有な存在しうることへとかかわる存在〕」（カッコ内は引用者注）とハイデガーの言う人間存在の意味としての時間性にほかならない。ハイデガーの言うこの時間性は、「暗道《くらみち》のわれの歩みにまつわれる蛍ありわれはいかなる河か」という一首に最も濃く息づいている。蛍が照らし出す、「既在」としての縄文の闇へと息づく非在の時間を、責めある存在としての「われ」において呼び開く声が、「われはいかなる河か」という存在へ「到来」する突き刺さる問いであった。かつてノヴァーリスは、『夜の讃歌』の第六節「死への憧れ」の第七連（生野幸吉訳）で、

夜闇が包む前《さき》の世を、
われらは不安にあこがれ望む。
限りあるこの世の時にいて
熱い渇きは鎮めえぬ。

聖なる時を見るために
ふるさとへ帰らなくては。

と謳ったが、前登志夫は、「聖なるもののけ」を見るために、二十世紀の詩人として、「ふるさと」という時間の村を根源的にぐろうとしていたのである。

4　薄明論

I

歌集『子午線の繭』の「交霊」の章の最初の一連「時間」に詠まれた歌をたどりながら、『創世記』の夜のような冥いくらい時間意識をくぐりぬけて、「遥かな時間」を歌において生きようとする決意に到る前登志夫の非在という苦い実存の在り方を、前章においてはハイデガーの『存在と時間』をテキストにして考察してきた。

この章では、『山河慟哭』に収められた前登志夫自身の言葉によって、この時間意識を敷衍しておきたい。

この二、三年、主として吉野の村々を何回も歩き廻った。……『吉野紀行』の経験が、ぼくにとってなんだったか、おぼろげに自覚されてきた。……村落があり、河があり、田畑があり、橋があり、祠があり、墓がある。そういう村々に共通したたたずまいを繰返し眺めているとき、そこにのこされた伝承や、民謡のフレーズにふと襲われた。記紀の世界や、万葉の心情を一方にたずさえて、ぼくなりの透視《パースペクティブ》の中へ、生きてはたらく人びとを嵌めこむ操作をくりかえした。

（「歌の霊異」）

随分とひかえめに、静かに語られているけれども、一九六八（昭和四十三）年に書かれたこの文章において、すでに、これ以後一貫して前登志夫の意識の中を流れて行く「生活的というのは、歴史を生きたものとして、日常のうちに見すえる感受性の苦しみだ」（「風景の内面」）という核となる思想が顕著である。そして一九七一（昭和四十六）年に書かれた「谷行の思想」では、さらに思索の厚みと深さを加えて、歌が現代に思想として生きる方向を、私たちの心の最も深いところで反響するように語ったのである。

風景がわれわれになにかを語りかけてくるのは、自我の投影によって生じる対話などではなく、意識の奥ふかい反響として存在するものにちがいない。われわれの生き方や死に方の全体にかかわる予感としてあるものだ。……雪の上の足跡は、大昔の山に棲むものの恐怖をわたしに呼びおこしながら、わたしの意識の彼方まで点々と続いているのである。……蒼白な斑雪の光は、わたしの意識の暗闇の彼方から、こちらを照らしていることもある。そういう歴史の根源を流れている時間を生きることなくして、歌がわれわれの主体に思想として蘇る契機はあるまい。

しかし、「雪の上の足跡」や「蒼白な斑雪の光」のような具体的なものを、「歴史の根源を流れている時間を生きる」こととことば＝歌において共生させることは、それほどたやすいことではない。つまり、現代のキーワードでいうと、このものとこととの「差異」を、ことばにおいてどう止揚するのかという課題を自らに課したということである。だから、前登志夫の歌の苦しみも歌の豊かさも、この「差異」をどう主体的に見つめて生きるのかという方法論からきているといえる。

古代歌謡がわたしにとって新鮮なのは、まず第一にその呪性である。祈りである。……詩のことばの呪性といっても、必ずしも神秘なオカルトとはかぎらない。日常合理の物差しではははかれない世界というにすぎない。神々と人間、世界とわたしが、ことばを共有するという根源的な姿を呪性と呼んでみる。「ことばの存在の住居」(ハイデッガー)ということを、ほんとうに納得するには、古代とその詩歌の発生について認識せざるを得ないだろう。

(「ことばの恢復」)

一九七五(昭和五十)年に書かれたこの文章においても、いままで見てきた「歴史の根源を流れている時間を生きる」という前登志夫の思想の核となる部分は、まったく変ってはいない。先程来問題にしてきている「差異」ということが、「呪性」という私たちの歌の問題として捉え直されているにすぎない。要は、根源的な時間をどう受肉するかということである。ここに引用されているハイデガーの「ことばの存在の住居」とは、結局、「神々と人間、世界とわたしが、ことばを共有するという根源的な姿」を「いま」という時間において生きる私たち自身のことなのである。「いま」という時間でしか「いままで」と「いまから」を生きられない、この時間そのものの在り方こそ私たち自身の在り方なのである。

このことを踏まえて、さきの「谷行の思想」の引用文に戻ると、前登志夫の言う、風景が語りかけてくる「意識の奥ふかい反響として存在するもの」や「われわれの生き方や死に方の全体にかかわる予感」とは、私たち自身が死という有限性をもった存在として、過去にも、現在にも、未来にも、全体的にかかわらざるを得ないというふかぶかとした時間とともにある存在であり、そのような時間への予感であったといえよう。前登志夫の歌に詠まれている死や死者は、私たち自身の死へとかかわる存在の全体性としての時間意識をふかぶかと担った形象なのである。

今日のすぐれた文学者たちも、有限性をもった時間的な存在としての人間を描き出そうとして、時間や死に対して自覚的であり、ふかい思索を重ねている。日野啓三の短篇小説「聖岩」から抽く。満月に近い月が出ている夜のエアーズ・ロックを訪れた時の描写である。

……岩の全体が、いまはただ黒い、純粋に黒い物質の巨大な塊で、その側面に刻みこまれた深浅さまざまな割れ目と隙間と襞としわに沿って、月光が流れ落ちていた。無数の銀色の光の細流に見えた。

光も水のように流れるのだ、と私は放心して呟いていた。岩の真下まで近づけば、その細流のしぶきを体じゅうに受けられる。骨まで光るだろう。

……私は二億年という時間の流れを、いま目の前にしている。光の流れは時間の流れでもあった。光を創ったものと時間を創ったものとは同じものに違いない、と私は透きとおるようにわかった。

作者自身の存在が、永遠という時間のしぶきを浴びながら、光となり時間となって透きとおっていく美しい描写である。この美しさは根源的な時間へのふかい洞察からきているのではないか。この短篇の最後の描写も実に印象的である。アボリジニの老人に、作者は「人間、死んだら、どこに、行くのだろうか」と尋ねる。老人は、「片手を上げて人さし指を黙って空に向けた」。

「では、空に上がって、何になるのだろう」続けて私は尋ねた。

途端に老人は俯いて片手を口に当て、クックッと小声で笑いだした。おかしくてたまらないという様子なのだ。子供でも知っているそんなことを、いいおとなが本気できくなんて、という仕草だった。ひとしきり屈みこんで笑い声を洩らしてから、上体を起こして、老人ははにかむように一語だけ答えた。

「風《ウインド》」

聖なる岩の上で渦巻いて大平原を吹き過ぎる風の顔を、私は一瞬見たように思う。

永遠という時間の顔が透けて見えるようである。小笠原賢二は、「個」を超えた世界を描こうとする日野啓三のこのような小説を「世界回帰」と評したが、この評言を借りると、歴史の根源を流れている時間を「もの」との交霊をとおして生きようとしている前登志夫も同様に、短歌においても「世界回帰」を果たそうとしていたと言えるだろう。

II

燃ゆる日に腹割きし魚《うを》の藍ひとつ千年ののちにかへる圏《わ》があり
向う岸に菜を洗ひゐし人去りて妊婦と気づく百年の後
太初からこぼるるさまに散りいそぐひとときのさくらベッドにふりて
死ののちもかの老人は尾根行けり頬かむりして向うに越ゆる

前登志夫の時間意識のうかがえるものを、「樹」の章と「オルフォイスの地方」の章から二首ずつ引いた。これらの歌を見ると、前登志夫は、歌の初めから随分と長い時間のスパンをもっていたことがわかる。この時間意識は、三十年、百年という山林労働の循環する時間を単位とする山の生活に根を下ろしていたものであり、そのようなゆったりとした時間が鮮やかに形象化されている。しかし四首目には、時間的存在として過去にも未来にも全体的に死へとかかわらざるを得ない私たちの在り方が、「頬かむり」した老人の懐かしさをたたえながら、「いま」という結界をかろがろと越えて行く時間が形象化されている。この時間は、冥いくらい「時間の村」をくぐりぬけることによって、前章で考察したように、ふかぶかとした実存の翳りを帯びはじめるのである。

金色《きん》の魚過《よ》ぎれる暁《あけ》の林みゆ凄じきかな樹樹の萌ゆるは
昼と夜の境を行けば時じくのかなしみならむ老いたる家は

一首目は、「交霊」の章の「時間」一連の最後の一首である。冥い時間をくぐりぬけてきた後の冥さに慣れた目にはまばゆいばかりの夜明けの光景が眼前にひろがっている。時間的存在としての意識の夜明けを告げるような一首であるが、光はまだまだ「もの」のほうが強い。二首目は、「時間」につづく「候鳥記」一連の一首であるが、まだ本来的な自己を求めて「昼と夜の境」を歩いて行く「かなしみ」が歌いとられている。

この「候鳥記」には、「帰ってくるのではない。つぐみは存在を移すのみ――」という詞書がついているが、この時期の作者は、たましいを運ぶという鳥に、現在、過去、未来という時間の全体性を自由に往き来する精神の在り処を見ているように思われるのである。

こなたよりかなたに移る現存のかそけさありき玻璃候鳥
過ぎゆきも未来もなけれ翔べるのみ口あけて海いつまで続く
艶めきて冬の筏は流れゆく望郷の歌ふたたびあるな

一首目は、存在の時間軸を根源的な方向へとずらしていく秘儀のような精神の営みが、玻璃候鳥に託して歌われている。二首目には、宮澤賢治の「よだか」のイメージを曳きながら、「過ぎゆきも未来もない」非在の時空を翔ぶことの遥けさと苦しみを読みとることはできないだろうか。

時間を鳥に託したり、時間を鳥として形象化するのは、前登志夫が詩質として最初からもっていたものであるように思われる。前登志夫の時間意識の萌芽として、詩集『宇宙驛』の「初期詩集」の「花嫁　あるいは「時」について」という詩からその一部分を引用しておく。

たとへば岬をよぎる白い「時」の巡礼
おんみらの跫音はきこえてこない
跫音をしめらせる海はみえないのだ
しかしそのたゆみなさにむかつて溺れる一羽の鳥の灰色をみた
潮騒ほどの羽音をきいた

引用歌の三首目は、上の句の懐かしい「艶めき」を曳いた光景で下の句へつながっていくだけに、「望郷の歌ふたたびあるな」という否定は痛切である。すでに「故郷」であることをやめた「村」へ私たちはもはや帰ることなどできないのである。帰郷とは、いまや「つぐみ」のように歴史の根源を流れている時間へと「存在を移す」ことでしか果たされない。このような思いを詞書にこめた前登志夫にとって、「望郷の歌」は、現代という時代には合わなくなった艶めき流れ去る冬の筏のように、流れて去って行くしかない。この深い断念が「交霊」一連の何首かの歌に時間的な厚みを加えたことは想像にかたくない。

すでに朱の朝の戸口を塞ぎをる誰がししむらぞ青葉翳りて
つくづくとわれをみつむる老婆なり首無しの仏つくりし人か

ここに引用した二首の歌は、すでに二人の評者によって鋭い考察が加えられている。一首目については、日高堯子が次のように述べている。

戸口の外には明るく輝く庭があり、そこに樹が佇ち、翳っている。樹のむこうは深ぶかとした森。ここで樹は森のはじまりであるとともに終末でもある。……作者は、一本の樹を通してはるかむこうの森と官能的に結びつき、またその樹が佇っていることによって森と距てられている自らの実存を意識するのである。

作者と「もの」とが官能的に結びついたり、あるいは、「もの」のもっているエロスを鋭く詠みこむことによって、歌が重層性と奥行きを持ち始めたのも、この時期の前登志夫の歌の特徴であろう。「交霊」一連の中の「岩にこもる声なまめかし男らは鶴嘴を振り汗を垂らしき」や「耳朶に触る、夜のみなかみの声すなり翡翠《かはせみ》ひそむ髪にあらずや」のような歌などにも、「もの」のもつエロスが重層的に詠みこまれているだろう。

もうひとつの特徴は、二首目を考察して、百目鬼恭三郎が「文化的な重層性」として指摘したものである。作者は、老婆にみつめられながら、後南朝滅亡の伝承である自天王の物語をみつめているという重層性である。

歌の中の老婆が、この伝承の老婆と重なっていることはいうまでもあるまい。つまり、老婆が作った「首無しの仏」は、自天王でもあるわけで、老婆にみつめられた作者は、村に入りこんだ刺客ということになるのである。

刺客というよりも、ひょっとしたら前登志夫自身は、死んだはずの自天王の生まれ変わりの貴種として、老婆にみつめられているのではないかというぐらいの思いをこめているかもしれない。前登志夫の時間は、二人の評者が指摘するような重層性をたたえながら、歴史の根源に向かって「なめくぢ」のようにゆっくりと動き始めた。

充ち足りてなめくぢ移る遅々たり、見えざる村とわれの境を

III

「交霊」と小題のついた一連二十八首のなかには、前節の最後に引いた「なめくぢ」の一首につづけて、更に「なめくぢ」を詠んだ三首がある。

くすぐられ叫ぶに似たり蛞蝓《なめくぢ》はわが現身《うつしみ》のいづこを歩む
唾湧きてみつむる昼や生れ来《こ》し醜さ知れとなめくぢ動く
ぬれぬれと昏きに入《はひ》る蛞蝓の化身の夜はわれ青葉せり

蛞蝓はくすぐるのである。血脈のふかい部分からやってくる責めある現存在をくすぐり叫ばせ

るのである。昼は、責めある存在としての「生れ来し醜さ」を知れと銀の条《すじ》を曳きながら、固唾を呑んで見つめている自虐的な意識の上を動くのである。夜には、「見えざる村とわれの境を」を移り、化身して、世界の開示を見せてくれるかもしれない蛞蝓の遅々たる時間を共に生きるために、青葉する樹となって交霊しなければならない。遅々たるこの蛞蝓の歩みこそ前登志夫の基層にある歌の良心の形象である。

　この蛞蝓は、以後の歌集では、韻律の殻を纏った蝸牛となって、自在にのびやかに前登志夫の時間の枝をわたっているように思われる。ぱらぱらと歌集を繰って目についたものを数首引いておく。

蝸牛《くわぎう》歩む銀の過去世も曇りつつ花散りぬるとつばくろめ来つ
曇り日の神話の梢《うれ》をわたりゆくしろき蝸牛にわれはたたずむ
幼児のたたずむ庭に霧しまき蛞蝓はただ恍惚とせり　（『靈異記』）
蝸牛《かたつむり》わが歌の枝すべりゆくこのしづけさや三十歳《みそとせ》過ぎき　（『繩文紀』）
風景の涯におよべる樫の樹の枝を渡れるかたつむりおそし
舞へ　舞へ　かたつぶり　樹の木末《うれ》に舞へ　風に舞へ　雲に舞へ　かたやぶり
朦朧とわが煩悩の底をゆく蝸牛の時間ものみな睡る
かたつむり枝わたりゆく時間《とき》の涯月読しろくけぶる明るさ　（『鳥獸蟲魚』）

『靈異記』には、まだ、幼児のイノセンスにみつめられて恍惚としている蛞蝓がいるが、前登志夫の歌の枝、時間の枝を渡って行くのは韻律の殻をつけた蝸牛である。

また、「交霊」の中の、この蛞蝓四首の前にあった「紐なして歩める蚯蚓《みみず》いざさらば怨霊の声は土の中から」という一首の中の蚯蚓も、『樹下集』において「億万の蚯蚓《みみず》の食める春の野の土の静けさを思ひみるかな」というすぐれた一首へと結実するまで、前登志夫の時間の土を食みつづけていたのである。ここに見た蛞蝓、蝸牛、蚯蚓だけでなく、蟬、蛾、蜂、甲蟲、蟷螂、蛍、蠓子《まくなぎ》、蜻蛉、繭など、歌に詠まれた鳥獣蟲魚の「蟲」に寄せる前登志夫のアニミズムの考察は興味のあるところではあるが、稿を改めたい。

蛞蝓が、しかしながら、軽やかな透明の韻律の殻をつけた蝸牛となって、「歴史の根源を流れている」時間の枝をわたっていくようになるには、途方もなく苦しく長い時間をくぐりぬけなければならないということは想像にかたくない。この遥かな時間の枝をわたりながら、前登志夫の歌は銀色にひかる重層性の条を曳いていくのである。「交霊」一連の歌に戻ろう。


鯉幟はためく村よ死なしめてかごめかごめをするにあらずや

「死なしめ」られたのは何だろう。藤井常世も田島邦彦も、高度経済成長の時代の到来とともに亡びた「村」だと鑑賞している。そして、田島邦彦は「明るい青空のバックと、地上にしゃがんでいる童子の作者が、〈村〉のはじまりを瞑想しているイメージ」を読み込んでいる。それに付け加えれば、「死なしめ」られようとしているのは、童子の作者ではなく、亡びつつある村の叫びを聞こうとしている帰郷者としての作者でもあり、この「交霊」の次の「蝕」という一連の中の詞書に登場する、戦地「ビルマで死んだ兄」の死の意味でもあり、そして何よりも「村」という「意識の奥ふかい反響として存在する歴史の根源を流れている時間」でもあるのではないか。「かごめかごめをするにあらずや」の問いには、歌に拠って遥かな時間へと飛躍しようとする前登志夫の苦い実存意識が反響していないだろうか。「下句の童謡《わらべうた》のようなリズムの力」に触れながら、「この主体の明確でない、まさしく霊の声のような歌の背後から、言葉の意味以前の力に誘われる作者の心が見えてくる」（『山上のコスモロジー』）と日高堯子は述べている。

高度経済成長の時代によって「死なしめ」られようとしていたのは、とりわけ「村」という「意識の奥ふかい反響として存在する歴史の根源を流れている時間」であると書いた。豊かさの代償として、生と死の意味と同時に永遠という時間も喪ったのである。哲学者の内山節は、『時間についての十二章』の第四章「森林経営の時間」で、村が手に入れた豊かさの本質に迫っている。

賃労働が村の中心的な労働になっていったとき、農業も林業も、そしてすべての村の労働が商品の生産過程のなかの労働に変わり、時間的合理性をもちはじめた。時計のつくりだす客観的な直線時間が、時間の基準になってくる。そしてそのとき、村人の一生も大きく変貌した。なぜなら人間の一生もまた縦軸の時間によって合理的に計測されることになり、かつての生と死の循環する時空は消えていったからである。

伝統社会にあって村人は、生と死が繰り返し循環する時間世界を保持することによって、永遠性を手に入れていた。その永遠の時間のなかに生きるとき、自然も永遠であり、農の営みも森づくりも永遠のものと感じられた。

ところが一度過ぎ去ったら二度と帰ってこない直線的な時間に身を置いてみると、人間の一生も有限なものにみえてくる。……直線的に過ぎ去りつづける有限な時間は、人間に「経営としての一生」という感覚を与えながら、この村人のロマンをこわしていった。

前登志夫が「鯉幟はためく村」に見つめていたものも、その前で人間が跪いている「冷徹な直線の時間」であった。「かごめかごめ」の輪の中で神隠しにあっていたのは、永遠という時間であった。

この「かごめかごめ」の歌をふくむ「交霊」という一連につづいて創られた、「蝕」という『日本書紀』に材を取った一連は、村上一郎が「ただし、自らを有間皇子に仮託した一連の作をわたしはとらぬ」と言ったように、成功したとは言い難いが、永遠という「歴史の根源を流れている時間」をふかぶかとくぐるためのひとつの試行として意味があったのではないだろうか。

しかし、このような苦しい歌の試行よりも、前登志夫の歌の重層性は現実によってもたらされるのである。櫟原聰編の略年譜にあるように、「一九六二（昭和三十八）年、林順子と結婚」することによってであった。この結婚という現実を契機として、前登志夫の歌は、人間の生活の原初の時間へとやさしい眼差しを注ぎながら遡ろうとする。雪景色の中から、妻への愛情が静かににおやかに立ちのぼってくる「SONET 婚」は、私の最も愛唱する一連でもある。

相寄りて知る罪ありき血の落暉《らっき》窓に在りしが雪ふりしきる

如何にしてふたりの時を遡り少年の雪掌《て》に受くべしや

IV

山下り平野にかへる妻ありて道祖神《くなど》の丘に霞過ぎゆく

「SONET婚」の一連にあるこの一首を考察した百目鬼恭三郎の批評は、この歌の核心を突いていて忘れがたい。近代的なリアリズムとは異質なリアリティをその抒情に見ていたのである。

……山の住民にとって、「山」と「平野」は次元の異なる空間なのだ。いま、この二つの空間をつないでいるのは「山」を下って「平野」に帰る「妻」である。レヴィ＝ストロースにいわせると、未開社会では、異部族間の婚姻は両者の交流をもたらすが、そこでは妻はメッセージの役を果たすことになる。少し誇張していうと、こうした部族的な緊張をもこの歌は表現しているのである。

そして、「道祖神《くなど》の丘」には、「自分と妻とを隔てる」「内と外との世界との境界」を見て、「ギリシャ神話のオルフェや古事記の伊弉諾・伊弉冉神話」に思いを馳せ、「人類の根源的な死生観の表象」を読み込んでいる。また、「霰」には、人麻呂歌集の古歌「わが袖に霰たばしる巻き隠し消たずてあらむ妹が見むため」を引きつつ、妻が帰る巻向方向の平野に思いを馳せている。深読みのきらいがなきにしもあらずだが、歌のリアリティは、トリヴィアルな写生などではなく、ふかぶかとした文化的な重層性に支えられているという論は十分魅力的である。

国文社の現代歌人文庫に収録されている「わが故郷を語る」という文において、前登志夫は「母に手をひかれて幼い日の私は、幾度か天の川の川沿いの道を歩いた。……すべてアクセントの違う母の里は、幼い私にとって異郷であった」と述べているが、私も幼い日、母に手をひかれて、兎田野から東吉野の母の里へ、ぐずっては叱られながら一谷《いったに》という子供の脚にはきつい峠を何度も越えた覚えがある。私の妻も西峠という宇陀と桜井の峠を越えてよく橿原の実家へ帰ったものである。母も妻も峠を越えて帰ることによって、里には自分の居る場所がないことを確認していただけなのかもしれない。この一首を読むと、レヴィ＝ストロースを俟つまでもなく、歴史の根源から連綿と時間の層をくぐりぬけてきた「妻」という存在の哀しみが感じられるのである。また、この一首には、このような「妻」という存在の哀しみを見送り、見下ろしている山人の眼差しも感じられる。伝承のように遥かな眼差しである。柳田国男の『遠野物語』にある次の伝承が踏まえられているかもしれない。

黄昏《たそがれ》に女や子供の家の外に出ている者はよく神隠《かみかく》しにあうことは他《よそ》の国々と同じ。松崎村の寒戸《さむと》というところの民家にて、若き娘梨《なし》の樹《き》の下に草履《ぞうり》を脱《ぬ》ぎ置きたるまま行方《ゆくえ》を知らずなり、三十年あまり過ぎたりしに、或る日親類知音の人々その家に集《あつ》まりてありしところへ、きわめて老いさらぼいてその女帰り来たれり。いかにして帰って来たかと問えば人々に逢いたかりし故帰りしなり。さらばまた行かんとて、再び跡《あと》を留《とど》めず行き失《う》せたり。その日は風の烈《はげ》しく吹く日なりき。されば遠野郷の人は、今でも風に騒がしき日には、きょうはサムトの婆《ばば》が帰って来そうな日なりという。

「妻」という存在のかなしさが烈しく風に響っているような伝承である。前登志夫は、山人の眼差しとして『吉野紀行』に、このかなしみが往き来する峠を次のように書いている。

何百年、何千年人間がけだものとまぎれながら、青い燐光《りん》を放ちながら、だまって越えていった抽象の峠を思った。

結婚し、生活を得て、「相寄りて知る罪」として人間が生きることの意味を問い、「ふたりの時を遡り」、歌うことの意味を問いつつ、前登志夫は「山下り平野にかへる妻ありて……」の一首にみてきたように、個を超えて歴史の根源へと層をなして反響する歌を求めていたのである。原初へと遡ることが未来を見ることであった。しかし、「妻」という存在のかなしみを引き受けることは、多くの断念を強いられることでもあった。「四月となれり」の次の一首に私たちはまばゆいほどの断念を見る。

いざさらば彌山《みせん》の山に日の照れる鋭《と》き雪嶺やわれに嬬あり

この一首につづく「薄明論」三十首は、「ぼくはいつ、「村」といふ薄明に呑まれてしまふのか。」という、村での生活にも歌のしらべにも安定感が増せば増すほど、増してくる根源的な怖れを響かす詞書から始まる。

甘藍の球なす畠続きをり貧しきものに形象はあれ
穀物や家畜に近く嬰児をり生誕の闇になみだ湧き来る
血の渇きもたざる死者のゆさゆさと樹を揺さぶれりわが苦しみに
猫背して村行くわれにひそひそと村びとは匿す壺の如きを

抽出した前二首においては、甘藍や穀物や家畜という「もの」と作者の関係が実に親和的で安定感がある。甘藍の畠に「貧しきもの」に対するまどかな眼差しが注がれている。この「貧しきもの」といい、「穀物や家畜に近く」いる嬰児といい、この二首には人間が今日までもってきたマリア的なやさしい時間の奥行きさえ感じる。

それにひきかえ、後二首には、作者の違和感が「ゆさゆさと」揺さぶられ、「ひそひそと」囁かれている。非在の村の根源を流れている時間を生きようと苦しんでいる作者を愉しむかのように、遥かな時間を生きている死者たちは「ゆさゆさと」樹を揺すり、このような思いを抱いて苦しんでいるとも知らない村びとたちは、「帰郷者」に当たりは柔らかいが、その心の奥底までは見せようとはしないのである。この一連には、親和感と違和感を繰り返しながら、良くも悪くも「村」の生活に呑みこまれていかざるをえないという現実の抽象された悲しみが、一首一首にしらべとして流れている。

「薄明論」にはもうひとつ詞書がある。「ぼくらが「村」を通るとき、ふと時間の可逆性を体験する。罪の匂いとともに。」というものである。前登志夫の秀歌のもつ大きな特徴のひとつは、この「ふと時間の可逆性を体験」したことを歌おうとすることから来る苦しみをくぐりぬけてきていると私は思ってきた。「歌壇」に連載していた一九九二（平成四）年二月号の「歌のコスモロジィ」（のち、『歌のコスモロジー』所収）の中で、この「時間の可逆性」の体験を具体的に述べていると思われる箇所を引用する。

> けものや小鳥の足跡が斑雪の上についている。ものを言わないそれらの痕跡《こんせき》は、ひどく暗示的である。そうした沈黙が好きなのか。引き返してくると、わたしの足跡もついている。どの雪も溶けてしまいそうなので、足跡はすっかり不透明な飴色になって滲んでいる。大きな杉の大木の下の足跡の底に、赤い小粒の実が、ぼうっと少しうるんだように滲み出ている。センリョウの実であろう。一万年も昔に、猪が人間が踏み倒して行ったセンリョウの実のように思えた。さして気にもとめないでそこを過ぎてしまったが、わたしの記憶の底にある言葉にぱっと映発する新春の形象だった。ひょっとすると、林中のその白日夢のような残雪の、溶けかかった飴色の人間の足跡に象嵌《しょうがん》された数個の赤い木の実は、この地上から人間がいなくなってからの寂寞《じゃくまく》かもしれない。（傍点は原文）

前登志夫の言う「世界とわたしが、ことばを共有するという根源的な」体験がここには語られている。「いま」という時間でしか「いままで」と「いまから」を生きられない、時間そのものの在り方としての私たちの在り方が根源的に語られている。人間の存在とは、死へとかかわる有限性をもった現存在として、過去にも、未来にも全体的にかかわらざるをえない時間的な存在であるという認識である。

永田和宏は、一九七二（昭和四十七）年の「短歌」五月号に発表した「沈黙の領域」という一文で、前登志夫に「吉野という空間軸に〈沈黙〉という時間軸を導入すること」を提言し、それを魅力的な「四次元（ミンコフスキー）空間」という名で呼んでいたが、この引用箇所はこの提言に対する静かな回答となってはいないだろうか。そして、「また見つかった、／何が、永遠が、／海と溶け合う太陽が。」（小林秀雄訳）とランボーが見つけ、「かごめかごめ」の一首においては、「死なしめ」られて神隠しにあっていた「永遠」という時間を、言葉においてふたたび生きるという深い思索の跡も、雪の上の足跡とともにくっきりとつけられている。

しかしながら、「薄明論」には「時間の可逆性」の体験が十二分に歌われているとは、まだ言えない。詞書にある「罪の匂い」のほうが先行してはいないだろうか。

測量技師われに向ひてこの村はまぼろしの境界《さかひ》測れと迫る
春の日のごろごろ廻る石臼を滾るる雪は間《ま》なくぞ降らむ
歩みかへさむ、廃井に唾しものみなの凝視に耐ゆる薄明のなか

5　再生の森

I

熟さざることばのままに五十年頭蓋に古りし「世界内面空間」

これは、先頃目にした「短歌研究」一九九八（平成十）年四月号の「さくらは花に」（のち、『鳥總立』所収）と題した十九首のなかの一首として、前登志夫が詠んだ歌である。この一首を「さくらは花に」の一連において見ると、前登志夫が五十年にわたり思いめぐらし深めてきた「世界内面空間」が透けて見えるような思いがする。

みなかみの水に洗はれそそり立つ春浅き日の岩根のひびき
木を伐《こ》らぬ木こりの森に噴きいづる春の樹液よ空うす曇る
血縁をさびしむなかれさすらひて果てしをみなも石となりゐて
生き別れ死にわかれきつ花ちかき日のゆふやみに夜神楽舞へり
恍惚を棲家となさばしどけなく花見るらむかさくらは花に

これらの歌は、前登志夫の世界のすぐれた達成を見せているとともに、異常噴火のような出会いとしてあった歌のはじめから胚胎していた時間と空間がしらべとして交錯する「世界内面空間」が息づいているように思われる。リルケの詩の一行としてあった「世界内面空間」が、前登志夫の歌において思想的に深められていくのを見ることができる。

一九七一（昭和四十六）年に書かれた「谷行の思想」こそ、前登志夫の歌の思想として「世界内面空間」を明らかにしたものであると思われる。

しぶとく向う山の額に残る斑雪に毎日むき合って暮していると、なにか手応えのある生がしきりに大事と思われる。風景がわれわれに語りかけてくる根本のものであろう。山や樹木や岩や鳥獣と、われわれが生の時間を共有するときにおこる、静かな覚醒なのかもしれない。放心したような状態におけるたましいの覚醒――。（中略）風景がわれわれになにかを語りかけてくるのは、自我の投影によって生じる対話などではなく、意識の奥ふかい反響として存在するものにちがいない。われわれの生き方や死に方の全体にかかわる予感として在るものだ。

「さくらは花に」の一連を読むとこの引用箇所が思い出されたが、この箇所を引用すると、「さくらは花に」の一連の「血縁をさびしむなかれさすらひて果てしをみなも石となりゐて」や「生き別れ死にわかれきつ花ちかき日のゆふやみに夜神楽舞へり」という歌が思われた。これらの歌には、「われわれの生き方や死に方の全体にかかわる予感として在る」前登志夫の「世界内面空間」がふかぶかと息づいている。

しかし、このような歌や思想は、前登志夫のいう「谷行の仕置」をくぐって成熟してきたものである。前章までの拙論は、前登志夫が歌として踏みしめてきた「時間」をとおして、この「谷行の仕置」を見てきたものである。「谷行」とは、前登志夫が詩歌において再生するためのイニシエーション（通過儀礼）であり、『生と再生』においてエリアーデが考察している、伝承社会のイニシエーションのもつ深い意味に近いのではないだろうか。

……イニシエーションは志願者を人間社会に、そして精神的・文化的価値の世界に導き入れる。彼はおとなの行動の型や、技術と慣例（制度）を習得するだけでなく、またその部族の聖なる神話と伝承、神々の名や、神々の働きについての物語を学ぶ。何よりも、彼はその部族と超自然者との間に、天地開闢のときのはじめにあたって樹立された神秘的な関係について知らされるのである。（堀一郎訳）

古代社会人は、イニシエーションを成就することによって、世界（自然）と人間の聖なる歴史を知り、「超自然であり、すなわち、聖なる力の表象、超越的実在の姿」（『生と再生』）である自然と出会い、聖なる宇宙に生きることとなるのである。「しぶとく向う山の額に残る斑雪に毎日むき合って暮し」ながら、前登志夫が問いかけていた「歴史の根源を流れている時間を生きる」という意味は、このような古代社会人のイニシエーションの意味と同質のものかもしれない。『子午線の繭』の「都市の神話」の一首、「めぐりあへず林檎三つを求むれば果実の日方量《はか》られたりき」をめぐって、「何に」めぐりあえずなのか話し合っていたとき、櫟原聰が昼の梟のように「聖なるものにでしょう」とぼそと呟いたのが忘れられない。「歴史の根源を流れている」聖なる時間を生きようとする歩みは、歌をつくりはじめたころからすでに始まっていたのだ。「谷行の仕置」というイニシエーションを通過して歌に獲得された前登志夫のこのような時間意識に触れて、吉本隆明は一九八九（昭和六十四）年の「現代短歌雁」一月発行の号の「異境歌小論」において、「前登志夫の歌が実現している時間（無時間）のテンポは、ほんとは農耕社会と都市の系列にはなく、山人の異系列に属する特異なものではないか」と指摘している。

……吉野の山里の自然のなかで自我を際立たせる日常生活の詩などいっさい無効で無駄だということを体感していった。じぶんが「杉の木」になり「沫雪」になり「靄」の微粒子になって、永遠に漂うだけで進行しない時間のテンポに身をゆだねるより術がない。また、そんな発見が前登志夫の歌の始まりであった。

ここに言われている「体感」こそ、前登志夫の「谷行の仕置」というイニシエーションと同じものであると考えてよい。「歴史の根源を流れている時間を生きる」といい、「聖なる宇宙に生きる」といい、「永遠に漂うだけで進行しない時間（無時間）のテンポに身をゆだねる」といい、言い方にはそれぞれ違いがあるが、このような時間を生きるには、俗的な状態を死なしめる「谷行の仕置」のようなイニシエーションを通過して、再生しなければならなかったことは確かであるようである。

オーストラリアの未開部族において、修練者がイニシエーションを成就するためには、護衛人や教師や呪医がそれぞれ大切な役割を果たしていることをエリアーデは報告している。彼らに修練者は肉体的にも精神的にもさまざまな試練をほどこされて、俗的な状態を死なしめられ、聖なる宇宙に再生するのである。

前登志夫にとって、師の前川佐美雄はイニシエーションへと導く護衛人や教師の役目を果たしたと思われるが、俗的な状態を死なしめて聖なる宇宙に再生させる呪医の役目を果たしたのは、柿本人麻呂と折口信夫ではなかったかと、私は考えている。柿本人麻呂は、現実には神話という聖なる歴史が喪失した時代を生きながら、詩のなかで聖なる時間を生き得た最初の詩人として、また、折口信夫は、他界からの眼差しの在り処を示すことによって、西洋的な教養的理解としてしかなかった「永遠」という概念を実存的な深さにおいて見せた詩人として、この二人は呪医的なとりわけ大きな役割を果たしたように思われる。

II

『万葉集』巻一に、「軽皇子《かるのみこ》の安騎野《あきの》に宿りましし時、柿本朝臣人麻呂の作れる歌」という題詞をもつ長歌と短歌四首がある。「東の野に炎《かぎろひ》の立つ見えてかへり見すれば月傾きぬ」（巻一・四八）という一首を含む一連である。長歌並びに四首の短歌を踏まえながら、四首目の次の短歌に拠って人麻呂の時間意識を検証しておきたい。

日並《ひなみし》の皇子《みこ》の尊《みこと》の馬並《な》めて御猟立たしし時は来向かふ　（巻一・四九）

安騎野は私の住む隣町の大宇陀町（現在、宇陀市大宇陀区）がその地に当たることは間違いがないらしい。一九九五（平成七）年には、「阿騎の野に宿る旅人打ち靡き寝も寝らめやも古《いにしへ》思ふに」（巻一・四六）という歌を実証するような、遊猟の際に造営されたと思われる仮宮の跡が出土して話題を呼んだ。中之庄遺跡といわれるその地は、現在は公園として整備されている。

そこから少し離れた小高い「かぎろひの丘」では、町おこしとして毎年十二月頃「かぎろひを見る会」がもたれている。人麻呂が歌を詠んだと言われる旧暦のその日は悪天候にたたられることが多いが、一度好天の払暁に見に行ったことがある。丘から眺めると、東南東の方向には秀麗な高見山がまだくろぐろとした姿で聳え立ち、やがてその背後の空が紅のさまざまなグラデーションに染まったとき、振り返った西空には冴えざえとした月が竜門岳のうえに煌々と照っていた。人々があげる歓声のなかで、人麻呂の「東の野に炎の立つ見えて……」という歌が意識の奥深いところから反響してくるしらべというか、声というか、この風景が蔵っていた奥深い呪性の叫びを聞いたような気がしたものである。

軽皇子の父である草壁皇子（日並皇子尊）は、壬申の乱の挙兵のとき、天武天皇に従ってこの安騎野に到ったのが十一歳の時であったという。その日並皇子尊は数年前に薨去して、もうこの世にいない。六九三（持統七）年、あの時の父とほぼ同じ歳になった少年、軽皇子の狩猟のお伴をして、このゆかりの地、安騎野へやってきた人麻呂が作ったのがこれらの歌である。これくらいの歴史的背景は、今では「人麻呂公園」と名を替えた中之庄遺跡に常設されている録音テープから流れて来るが、このような背景を踏まえて、山本健吉は、安騎野への狩猟は、「鎮魂」であると同時に「たまふり」でもあると見ている。この節のはじめにかかげた一首（巻一・四九）を評して、その著書『柿本人麻呂』のなかで次のように言う。

……この一首は、日並皇子尊のかつての遊猟を回想し、馬上におけるその英姿を描き出し、それによって皇子の魂を慰撫し、鎮静しようとする発想を見せている。同時に、その英姿はただちに、その面影をどこかに止めた眼前の軽皇子の英姿に重なるのであって、そのかつての「時」が今の「時」において、再現するのである。言い換えれば、ある意味では日並皇子尊の再来であり、復活である軽皇子の体内に、威力のある外来魂を迎えるべき「時」が、かつて日並皇子尊においてあったように、丁度いま眼前に、ふたたび到来していることを言っているのである。

万葉集を英語訳したリービ英雄は、その序のなかで、日並皇子尊の在りし日の「時」が、軽皇子にも来向かっているという情景を、〝The time ... comes and faces me〟と平易な英語で表現して、悠久の時と先頭に立って対峙する皇子のイメージを重層化させている。

この一首に著しい「時」という概念のなかで、時は空間的な動きを与えられているが、死んだ父と生きている息子を繋ぎ、「時の偶然性から解き放たれて」彼らを結びつける「共通の本質は」、ほかならぬ狩猟の先頭に立っている父子それぞれの位置、つまり儀式における位置自体にあるのである。（引用者訳）

リービ英雄は、山本健吉のいう「たまふり」としての悠久の「時」の継承を、狩りをするために馬を並べたその先頭の位置に見ているのである。そして、このような「時」に対する人麻呂の意識の働きは、喪失された時間に対する内に向かう悲しみの表明であると、その著書『柿本人麻呂』において分析したのは、中西進であった。

　現実の遊猟を歌った安騎野の人麻呂にあっては、現実そのものが過去の映像なくしては把え難いものとなっていた。この、現在の時間と表裏一体をなした、喪失の時の意識は、実は持統朝そのもののあり方でもあり、その宮廷精神の体現者だった人麻呂の詩の核心をなすものでもあった。つまり現実に不在のもの、喪失しているものを歌うのは人麻呂の基本の詩性だったのである。

　天武朝の残照としての持統朝の「喪失の時の意識」は大きかっただろうが、なぜ人麻呂だけがこの喪失感をバネにして抒情詩としての短歌を創造することができたのか問い直してみる必要があるだろう。安騎野の歌の長歌にある「隠国《こもりく》の泊瀬《はつせ》の山は　真木立つ　荒山道を　石《いは》が根　禁樹《さへき》おしなべ」という詩句によって、「阿騎の大野」へ到る道筋が示されているのは確かだが、そのしらべに乗って、父草壁皇子もその父の天武天皇も踏み、さらにその父祖の皇子も天皇もおぼろになる父祖たちが踏みかためてきた道筋も見えて来るのである。「隠国」も「荒山道」も「石が根」も「禁樹」も、黄泉の国へと辿る伊弉諾や追放された神須佐之男の辿った荒山道のイメージさえ曳いているように思えるのである。そうでなければ、人麻呂の「かぎろひ」の歌が、風景が蔵っていた呪性を呼び起こし、私たちの意識の奥深いところに反響させて、畏れにも似た気持ちを抱かせる契機になることなどないだろう。山本健吉は、「長歌という神話的・共同的基盤の上で、短歌は自己結晶を遂げるのだ」と言ったが、安騎野の長歌の結句を「古《いにしへ》思ひて」とむすんだ人麻呂の意識の層は、かなり深い神話的な層にまで達しているにちがいない。

おそらく、「谷行」という前登志夫のイニシエーションのなかで、柿本人麻呂が呪医として授けた秘儀は、歌を詠むことが、歴史の根源を流れている聖なる時間や聖なる感情を生きるということになる、ということだっただろう。

ぬばたまの夜さり来れば巻向の川音《かはと》高しも嵐かも疾き
御食《みけ》向ふ南淵山の巌には落《ふ》りしはだれか消え残りたる

これらの自然の風景を詠んだ「人麻呂歌集」の歌に、前登志夫は、みそぎをする川や巌の聖なる一面と氾濫する川や巌の己の生き方、死に方の全体にかかわる未知なる恐怖、そして豊饒を予祝する雪と醜い死を清浄な世界へとかえしてくれる雪といった、もっと生活的な、根源的な鎮魂を見ることを学んでいる。「喪失の時の意識」を自分の再生への痛みとして通過している。その痛みは「伝承の声」という前登志夫の人麻呂論に痕跡を止めている。

人麻呂の歌は、虚構の世界のものではあるまいか。……虚構をふかめるというのは、他界からの認識の眼をもつことであるのを、人麻呂の歌は苦しげに告げているではないか。

III

現代詩から短歌へと通過するイニシエーションにおいて、呪医としての人麻呂の歌から前登志夫は「他界からの認識の眼をもつこと」を学んだ。つまり、エリアーデが『生と再生』において述べた「その部族と超自然者との間に、天地開闢のときのはじめにあたって樹立された神秘的な関係について知らされた」と言うことができるだろうか。人麻呂歌集の「ぬばたまの夜さり来れば巻向の川音《かはと》高しも嵐かも疾《と》き」の一首においては、みそぎする川の聖なる一面と、氾濫する川の怖ろしい一面とを、しらべとして鎮魂する短歌に個の詠嘆を超えた歌の思想を見、「御食《み》向《け》ふ南淵山の巌には落《ふ》りしはだれか消え残りたる」の一首においては、豊饒を予祝して降る雪と死穢を清浄な世界へとかえしてくれる「われわれの生き方や死に方の全体にかかわる予感」や鎮魂としてある雪を見てきた。

しかし、二首目の歌などは、「御《み》食《け》向ふ」が「みなぶち」にかかる枕詞だとわかれば、実に単純な内容の歌にすぎないが、何度も呟いていると、「われわれの生き方や死に方の全体にかかわる予感として在る」雪だけでなく、まだ一首のなかには「意識の反響として存在するもの」があることを、そのしらべは告げている。何度呟いてみても、三句目の「巌」にしらべと意識が乗りあげてしまうのである。神奈備としての南淵山の聖なる世界と雪に象徴される私たちの現実世界との境界にどっしりと置かれた「巌」こそが、「他界からの認識」を反響させているように思われる。前登志夫が『子午線の繭』に詠んだ巌、岩、石にも、「他界からの認識の眼」が、苦しげにそそがれているのが感じられないだろうか。

岩に貝を投げつけて割り食《た》ぶると古き代の生活言《たつき》ひし少女子《をとめご》
この岩が蛙のごとく鳴くことを疑はずをりしろき天《あめ》の斑《ふ》
翳もちて岩に来る鳥そのままに嵌められしかば限りなく翔ぶ
（「樹」）

岩のなかに笑へる少女《をとめ》みづみづしその舌をもてわれを知りし者
頂きの岩よりきこゆる反響《こだま》あり戦はぬもの暁に去れ
むかしから叫びつづけるこの岩の無罪を思ひ鰭《ひれ》は沈めり
ビルのごと傲慢にたつ岩なれどとめどなく水の湧きて濡れゐる
（「オルフォイスの地方」）

見もしらぬ貌もつ岩にしんしんと陽は溶けやまず死者たちの村
岩にこもる声なまめかし男らは鶴嘴を振り汗を垂らしき
岩の上に時計を忘れ来し日より暗緑のその森を怖る
（「交霊」）

『子午線の繭』には、巌、岩、石を詠んだ歌が他にもまだあるが、その中からこうして十首を引くと、「他界からの認識の眼」がおおよそ概観できるように思われる。一首目においては、異常噴火のように出発した歌の最初から、「古き代」として示される時間の始源性へとそそがれていく眼差しが前登志夫にはあったことが確かめられる。「古き代」よりいのちをつないでくるためには食べなければならないが、すこやかな少女子の食欲をみたすために食べられる貝の痛みは岩が引き受けてくれている。しらべのようなのびやかな縄文の少女子が彷彿とされる。二首目の「蛙のごとく」の蛙は、歌の素材として後年しばしば詠まれる「ひきがえる」が思い描かれているのではないだろうか。「しろき天の斑」というフレーズによって空間の広がりを感じさせられるとともに、その発想にはすでにアニミズム的な眼差しがはらまれているのが感じられる。しかし「樹」の章では、「他界からの認識の眼」はまだ顕著ではない。

顕著になるのは、次の「オルフォイスの地方」の章からであるように思われる。三首目の歌は、リルケの「世界内面空間」の影響を色濃く受けた一首としてすでに考察したことがあるが、ここでは「翳もちて岩に来る鳥」がたましいを運ぶ存在として意識されていることも、蛇足として付け加えておきたい。四首目の「岩のなかに笑へる少女《をとめ》」、五首目の「頂きの岩よりきこゆ反響《こだま》あり」、六首目の「むかしから叫びつづけるこの岩」、いずれも一首に自虐や自己処罰の意識を響かせながら、岩に拠って、見えないものを見、聞こえないものを聞こうとする「他界からの認識」の眼差しが感じられる。岩の中に死者がありありと幻視されている。

「交霊」の章になると、岩は「とめどなく水の湧きて濡れ」、「岩にしんしんと陽は溶けやまず」、「岩にこもる声なまめかし」と、みずみずしいいのちを持ったエロス的な対象としての表情や声を持つようになる。特に九首目は、中上健次の『枯木灘』の主人公秋幸の土方仕事のリフレインされるアニミズム的な表現が思い出される。この一首を読むと、『枯木灘』の土と汗のエロス的な交響がなまなましく蘇ってくる。

……今、つるはしで土を掘る。シャベルですくう。つるはしが秋幸だった。シャベルが秋幸だった。めくれあがった土、地中に埋もれたために濡れたように黒い石、葉を風に震わせる草、その山に何年、何百年生えているのか判別つかないほど空にのびて枝を張った杉の大木、それらすべてが秋幸だった。秋幸は土方をしながら、その風景に染めあげられるのが好きだった。蟬が鳴いていた。幾つもの鳴き声が重なり、うねり、ある時、不意に鳴き止む。そしてまた一匹がおずおずと鳴きはじめ、声が重なりはじめる。汗が額からまぶたに流れ落ち真珠のようにぶらさがる。体が焼け焦げている気がした。

十首目は、すでに百目鬼恭三郎（『前登志夫論』）、藤井常世（鑑賞・現代短歌『前登志夫』）、田島邦彦（『前登志夫の歌』）の鑑賞に基づいて考察したことがあった。いずれも現代の時間を刻む時計と暗緑の森の時間を対比して鑑賞されていたが、この一首の眼目はむしろ「岩」にあるのではないかという思いが残った。前登志夫が柿本人麻呂の歌を評して言った「他界からの認識の眼」の在り処は、「岩」が示しているのではないか。

前登志夫の短歌へのイニシエーションにおける、もう一人の呪医だと指摘しておいた折口信夫の最晩年の論文『民族史観における他界観念』には、他界の姿としての植物と巌岩に対する独自の視点が述べられている。

日本におけるあにみずむは、単純な庶物信仰ではなかつた。庶物の精霊の信仰に到達する前に、完成しない側の霊魂に考へられた次期の姿であつたものと思はれる。植物なり巌岩なりが、他界の姿なのである。だが他界身といふことの出来ぬほど、人界近くに固著し、残留してゐるのは、完全に他界に居ることの出来ぬ未完成の霊魂なるが故である。つまり、霊化しても、移動することの出来ぬ地物、或は、其に近いものになつてゐる為に、将来他界身を完成することを約せられた人間を憎み妨げるのである。此が、人間に禍ひするでもん・すぴりつとに関する諸種信仰の出発点だと思はれる。

ここに述べられている折口信夫のあにみずむの思想は、太平洋戦争において硫黄島で戦死した養子の春洋に対する悲痛な思いも反映されているとは思うが、永年にわたる民俗研究から導き出された日本人の他界観念についての深い眼差しがある。とくに「未完成の霊魂」という視点には、春洋はじめ太平洋戦争におけるすべての犠牲者に対する祈りさえこめられているように思われる。このような眼差しから書かれた折口信夫の論文を読んだとき、前登志夫は、同じ戦争においてビルマで戦死した兄のたましいのゆくえを痛切に思ったにちがいない。兄の霊魂は、「完全に他界に居ることの出来ぬ未完成の霊魂」として、「人界近くに固著し、残留してゐる」樹木や巌石に遍在していると実感されたのではないだろうか。

引用歌の三首目に引いた「翳もちて岩に来る鳥そのままに嵌められしかば限りなく翔ぶ」の一首に見てきたように、未完成の霊魂は、鳥＝霊魂をはこぶものとしてやって来て岩に入り、そのまま嵌められてしまえば岩の中を「限りなく翔ぶ」存在となるが、この世の姿としては岩なのである。四首目の「岩のなかに笑へる少女《をとめ》みづみづしその舌をもてわれ知りし者」には、少女の未完成の霊魂が、六首目の「むかしから叫びつづけるこの岩の無罪を思ひ鰭《ひれ》は沈めり」の「この岩の無罪」には、無実の罪で死んだ未完成の霊魂が透視されている。九首目の「岩にこもる声なまめかし男らは鶴嘴を振り汗を垂らしき」の一首には、中上健次の『枯木灘』の一節を引いて考察したように、未完成の霊魂のもつエロス性さえ感じられるのである。前登志夫は、村という現実の時間と森という他界の時間との境界に佇んでいる樹木や、その境界に置かれている巖石に、折口信夫の言う「未完成の霊魂」の表情をまざまざと見、声をありありと聴きながら、うたいつづけてきたのではないだろうか。

Ⅳ

十首目の「岩の上に時計を忘れ来し日より暗緑のその森を怖る」における「岩」は、まさに村という現実にも、森という他界にも属することができない「未完成の霊魂」として、村と森の境界に横たわっている。長い年月にわたって未完成の霊魂がこもってきた苔むした岩である。岩にこもっている霊魂の最も新しいものは、太平洋戦争で死んだ死者の霊魂であろう。

そんな未完成の霊魂がこもる岩の上に、もはや死者の享受できない現実の時間を刻む時計を忘れてきたのである。（ここでは、百目鬼恭三郎や藤井常世がこの一首を解説したように、岩の上に忘れてきたのは、現実の時間を刻む時計だったとして、論を進めることにする。一首の読みをひとつに固定する必要などどこにもないのだから。）岩にこもっている死者の霊魂は、忘れられた時計が刻む作者の生の現実に耳を傾けながら、現実にも他界にもおれない未完成の自らの存在をどう思っていることであろうか。森という他界の時間に死者の霊魂を還さなければ死者は永遠に憩うことができない。その死者の依り代としての岩の声を聴き、歌という器にのせて運ぼうと思うが、それにしても暗緑の森の時間の奥処はなんとふかぶかとしていることであろうか。歴史の根源にそよいでいる時間をうたうことは可能であろうか。

このような思いは、「岩の上に時計を忘れ」て来た日から作者の脳裡を去ることはなく、暗緑の森への「怖れ」は大きくなるばかりである。この「怖れ」は、「未完成の霊魂」とくに夭折した兄のたましいを森という他界の時間へと還す言葉を運ぶ語りべとして生きようとしながら、まだその言葉を見つけることができない自らの存在自体に対する怖れからきている、ということはできないだろうか。下の句の「暗緑のその森を怖る」という字足らずの止め方は、自らの存在自体に対する怖れを際立たせている。

呪医としての折口信夫の民俗的な視点を考慮に入れないならば、この一首を単なる文明批評的な歌として読むことになってしまうだろう。それもひとつの読み方ではあるが、「自然の中に再び人間を樹てる」という前登志夫の思いからは、ほど遠いものになってしまうだろう。『民族史観における他界観念』の同じ箇所を引用して、松浦寿輝はその『折口信夫論』の「石と忌」の章で、「未完成の霊魂」を石に封じこめられた「言葉」という観点から興味深い考察を行っている。

霊魂が言葉だとした場合、ここでの言葉は、生を円満に全うできず、未成熟のままこの世に怨みを残してひとたび死に、しかし真に死にきることもできず、生からも死からも隔てられた「仮死」のトポスにいつまでもとどまりつづける言葉である。神となって遠い「常世」へ去ることができないので、その遠い場所から現世へとふたたび来臨し、「依り代」への憑依によって再生するという希望も絶たれているこの言葉は、いかなるアントロポモルフィスム（神人同形論—引用者注）にも無縁な石という「物」の内部——内部ならざる内部——に閉じこめられ、そこで終りのない「封鎖」状態を忍耐しつづけるほかない。いわばそれは、絶対的に封じられた言葉である。……まさしく「石」そのもののように黙しつづけ、しかしほとんど「物自体」と化したその沈黙によって、われわれの生の活動に決定的な影響を及ぼしつづける隠微な言葉である。

（傍点は原文）

まぎれもなくこれは「言霊《ことだま》」の思想である。折口信夫が現代的な意匠をまとって述べているかのようなおもむきがある。『死者の書』の考察といい、この『民族史観における他界観念』といい、それらをテキストとして折口信夫の世界へ実にシャープに踏み込んでいる。

しかし、折口信夫を二流の歌人だとして、ほとんどその短歌を評価しないのはなぜなのだろうか。「人間を深く愛する神ありて　もしもの言はば、われの如けむ」のような歌を引いて論じていることにもよるが、これは、松浦寿輝が現代詩を書くにもかかわらず、ひょっとするとそのためにかえって、歌の意味にばかりこだわり、意味を超えたふかぶかとしたしらべや気息としてある折口信夫の短歌の深処や魅力にはとどいていないからではないだろうか。その論には刺激を受けたが、折口信夫の短歌の魅力は、ほうとするような虚の空間がしらべとともに立ちのぼってくるところにあるのだが、という思いが残った。

さきの引用文に戻って、この文脈に即して、前登志夫の歌に詠まれている「岩」のもつ意味をもう少し敷衍しておきたい。「未完成の霊魂」は岩に来る鳥のように岩に来て、そのまま嵌められてしまって、「生からも死からも隔てられた「仮死」のトポスにいつまでもとどまりつづける言葉」として「再生するという希望も絶たれている」。この「絶対的に封じられた言葉」を、前登志夫は歌という「依り代」によって生と死の再生のサイクルに解き放とうとしたのではないだろうか。伝承者の誕生である。しかし、伝承者として立とうと自覚したものの、自分にはまだ欠けている「吉野」という奥深い時間の森は、ますます緑と沈黙を深めるばかりである。

「怖れ」はこの森の時間の奥深いところから来ているのではないか。「岩の上に時計を忘れ来し日より暗緑のその森を怖る」という一首を含む『子午線の繭』最後の一連三十首には、「変身」という「繭」からの変身を希求する小題がつけられているが、この一首の「怖れ」のほかに、欠落感、欠損感、籠りを暗示するものもうたわれていて、必ずしも変身＝再生がすんなりと行くとは信じられてはいないようである。「さわさわと樹になりつらむしかすがに恥ふかき朝腕欠け落つる」(欠落感)や、「繭のなかみどりの鬼が棲むならむ透きとほる糸かぎりもあらぬ」(籠り)のような歌にも、変身への希求とその畏れ、あるいは猶予の気持ちが感じられる。

『子午線の繭』の出版から『霊異記』の出版までのあいだに、前登志夫に「変身」をうながす出来事が二つあった。『吉野紀行』を書くために吉野の奥深い時間の森を歩き回って、森の風景の内面を見つめる経験をしたことと、長男、次男の相次ぐ誕生によって、村の生活の内面を見つめる経験をしたことである。この両方向から「吉野」の内面を見つめる経験は、暗緑の森に対する前登志夫の「怖れ」を次第に伝承者としての歌を紡ぐ原動力にしていったものと思われる。

『子午線の繭』の最終連では「変身」するまえの欠落感・欠損感や籠りを見てきたが、それらにじっと耐え、向き合うことによって、他界の時間としてある森の時間を奪還してゆく伝承者の歩みを、歌として示したのが『霊異記』であっただろう。現在、歌誌「晶」において、精力的に

『前登志夫の風景』を書き進めている小林幸子は、この『靈異記』の構成について、制作年度に関係なく編まれたことを、発表時の雑誌に当たって明らかにしながら、さらに興味深いことには、『靈異記』では五つに分かたれた「鎮魂歌」八十一首（「短歌」一九五六〔昭和四十一〕年九月号）に、岩や石の歌が十二首もあったことを報告している。これは、『子午線の繭』からの岩や石に対する「たましづめ」の眼差しが『靈異記』にも曳きずられていることを示している。

をみなへし石に供ふる、石炎ゆるたむけの神に秋立てるはや
ひそかなるわれの岩場に湧きてをる夜《よ》の食国《をすくに》の明るき涙
かの岩の峡間《はざま》にくればわれの知らぬ戦場おもほゆ死者の幾何学

（この歌は、歌集『靈異記』では次のように改作されている。「立岩の狭間《はざま》くだれば戦場の憩ひぞ永し死者の幾可学」）

岩にくる夏のこだまを聴き居たり黒き檜原《ひはら》をしづめむとして

魂を鎮められた岩は、森の時間をはこぶ水のいのちと反響するみずみずしいいのちのエロス性を見せるかのように、『靈異記』の巻頭を飾っている。

水底に赤岩敷ける恋ほしめば丹生川上《にふかはかみ》に注ぎゆく水
ものみなはわれより遠しみなそこに岩炎ゆる見ゆ雪の来るまへ

二

6　山人考

I

なにか大きな忘れものをしているような思いをもちながら、正月の二日、荷阪峠へと登って行く道を辿っていた。

この峠へと登って行く道筋の森のことは、「ヤママユ」第四号（一九九八〔平成十〕年十二月）の後記に書いておいたが、室生寺の五重の塔を半壊した台風の吹き抜けた風の道にあたっていた。おびただしい数の樹が倒れ、そのなかには幹から折れている樹も混ざっていた。

台風が過ぎ去った数日後には、この荒れはてた森を逃れようとしたのか、四、五十センチメートルもある大みみずがうじゃうじゃと舗装された小道に這い出てきていて、私を驚かせた。先へ進むにつれて、何十匹という大みみずが車に踏み潰されて死んでいるのを見た。踏み潰されて死んだみみずたちの鎮魂歌を詠めずに歳を越したことが気になっていたのだろうか。

元旦は例年のごとく朝から呑みはじめた酒に酔い潰れて昼には眠ってしまったが、二日の朝は新春の明るい日差しをあびて荷阪峠へ向かったのであった。室生ダムができたために川の底に沈んだ下戸《しもつと》という村のことを思い出しながら、宇陀川に懸かった錆の浮き出た鉄橋を渡る。その宇陀川に合流する荷阪川に懸かった小橋を渡り、坂を登りきると、峠にあったために水没を免れた数軒の家がある。その家の前を通り、東へ向かい、木立の中に入ると、せせらぎの音が聞こえ出す。荷阪峠へと登って行く木立の中の道を瀬音を踏みながら辿って行くと、まだ放置されたままになっている倒れた樹木や折れた樹が次第に目に入ってくる。樹の根や折れ痕は白っぽく乾きはじめている。この光景が私の意識に呼び込んでいたのは、私の意識の深層に倒木のように横たわっている既視感であることがわかった。痛みを伴って、前登志夫の『山河慟哭』の「山の戦後史」の一節がありありと思い出された。

……ある日突然、杉や檜に呼び戻されて思いがけなく一か月の山ごもりをさせられてしまった。春の夜の大雪に折られた杉や檜の白い傷口を見ているうちに、血が騒いできてじっとしておれなくなったのである。

わたしは古びた斧《おの》をとぎ、ノコギリのめたてをして、山にはいった。なわや針金やビニールのひもなどを携帯して。

『山河慟哭』の巻末の掲載紙誌一覧によれば、この文は一九六五（昭和四十）年に「読売新聞」に書かれた文章の一節であるが、「血が騒いできてじっとしておれなく」なるほど、前登志夫が山びとの自覚を強いられた日のことが語られている。荷阪峠の森の樹の痛ましい光景にひそんでいたこの既視感が私を落ち着かなくさせていたのである。「吉野の杉」と題した一連として『靈異記』の中に収められることになった「山の戦後史」の文末に記されている次の二首も、私の意識の深層に横たわっている既視感を揺さぶっていたのかもしれない。

直《すぐ》なればわれは悼まむ雪折れの戦後の杉の夭折を見よ
山に来て滅びののちに木を植うる嘆かひと知れ吉野の杉は

「雪折れの戦後の杉の夭折」を悼み、「滅びののちに木を植うる嘆かひ」を詠う前登志夫の山びとの意識について思いをめぐらしながら、一山の東斜面の樹がことごとく倒れたために、ぽっかりと貌をのぞかせた戸惑いがちの初々しい新春の青空を見つめていた。「滅びののちに」とは、何が滅びたのちに、なのだろうかという大きな疑問符が青空に寒くひかっていた。「山の戦後史」が書かれたほぼ一年ほど前に「山人幻想」という一文が書かれている。これは『存在の秋』に収められていて、短文ではあるが、私が前登志夫の山びとの意識について考える際のみなもととなっている。前登志夫の山びとについての意識がごつごつとした岩根のように風雨にさらされているような文で、言葉が削りに削られているため、必ずしも分かりやすいと言える文ではない。思想の原形が剝き出しになっているのだ。

近年ぼくは、やまびとと、その精神の系譜に興味をもっている。山びとの起源とその系譜についていま書くつもりはないが、山びとは、ぼくらの文化の原形としての精神記号であったと考えられるからだ。

大和朝廷に対する吉野という発想ほど、日本文化の基本的なパターンはあるまい。伊勢に対する熊野という構図もそうであろう。平野が象徴する、文明と日常性と俗流に対す

る、反文明の世界、神秘と精神の場所としての山びとを思うのである。（中略）
とりわけ、ぼくにとって興味ぶかいのは、山びとの象徴する反世界のイメージが、決して先住他民族のそれであるよりも、平野人の文化の生理として平野人の意識の中から生みだされた異系であるということだ。ぼくらはその圧巻を修験道のはるかな道に望見する。

「山びとは、ぼくらの文化の原形としての精神記号であった」という性急な結語のような思いは、この時期の前登志夫の精神の孤独な戦いを見るようで痛々しささえ感じられる。「大和朝廷に対する吉野という発想ほど、日本文化の基本的なパターンはあるまい」といい、「伊勢に対する熊野という構図もそうであろう」といい、書きつけられてはいるが、峻険な山のように人の理解を求めようとはしていないように思われる。むしろ拒んでいるといったほうがいい。「反文明の世界」、つまり「平野人の文化の生理として平野人の意識の中から生みだされた異系」を「山びと」という「神秘と精神」の場所において樹立したいという思いが血のようにしたたっている文である。この性急で峻険な引用文の思いの中へゆっくりと足を踏み入れてみたい。

この「山人幻想」に先立って書かれた、同じく『存在の秋』に収められている「国原の時間――『死者の書』のイメージ」の中で、前登志夫の「吉野という発想」のパターンが少し明らかにされている。

吉野というところは、土であるよりも、岩の上に棲むといった印象である。夢を根づかせてくれるにはなんとなく厳しすぎる風土だ。貧しすぎる。盆地の、たえず霞のかかったような、ものの輪郭のはっきりしない、柔らかに静まったあの調和のとれた風土からみると、対照的でさえある。風物はすべて透明であり、動的でアンバランスであり、抽象的である吉野の風土は、その限りではむしろ精神の芽生える寒々とした山と水上《みなかみ》の地方である。しかし、ぼくらの傷を、そのまま夢として変容させてくれるには、あまりにリゴリスチックな吹きっさらしの風土である。人間の貧しさや、欲望といったものをそのまま、豊かさに換えてくれるには何かが欠けている。

前登志夫にとって吉野は、「精神の芽生える」聖なる場所として受容されながら、「人間の貧しさや、欲望といったものをそのまま、豊かさに換えてくれるには何かが欠けている」風土だと考えられている。その欠けている何かを手に入れるためには、オルフォイスの地方として意識された「盆地の、たえず霞のかかったような、ものの輪郭のはっきりしない、柔らかに静まったあの調和のとれた風土」である国原を何回となく歩きまわらねばならなかったのである。国原を彷徨しながら、吉野から国原をながめる日常を「平野人の文化の生理として平野人の意識の中から生みだされた異系」(「山人幻想」)へと繋ぎ、反転させる重層的な視点を獲得するという「思考の儀式」を行っていたのではないだろうか。『靈異記』の「その一人だに」と題したたった二首からなる一連には、この反転する重層的な視点が透けて見える。

三輪山のふもとにありて指さしき雨雲かかる異郷の吉野
時じくに雪ふる国や吉野なるその一人だに飢ゑの耀《かがよ》へ

一首目の国原から「雨雲かかる異郷の吉野」を見る視点が、二首目では吉野なる異系の時間を生きようとする耀う「飢ゑ」へとみごとに反転されている。
「平野人」という言い方は、柳田国男の『後狩詞記』や『遠野物語』の序文にでてくる「平地人」から派生したもので、私の目の通せた範囲では、山人に関する柳田国男の最後の著書『山の人生』において見られる。この言葉を引き継いだ「山びとの象徴する反世界のイメージが、決して先住他民族のそれであるよりも、平野人の文化の生理として平野人の意識の中から生みだされた異系である」という山住みの根拠としての前登志夫の思想は、『子午線の繭』の「山人考」の一連へと結実していくのであるが、その歌の思想には、柳田国男の『遠野物語』の序文の掉尾にある「国内の山村にして遠野より更に物深き所には又無数の山神山人の伝説あるべし。願はくは之を語りて平地人を戦慄せしめよ。」という言葉や、『後狩詞記』（定本「柳田国男集」第二十七巻）の序文の次の箇所などにみられる柳田国男の「山人」に対する深い憧憬が響いていないだろうか。

……分けても猪は焼畑の敵である。一夜此者に入込まれては二反三反の芋畑などはすぐに種迄も尽きてしまふ。之を防ぐ為には髪の毛を焦して串に結付け畑のめぐりに挿すのである。之をヤエジメと言つて居る。即ち焼占であつて。昔の標野、中世荘園の榜示と其起原を同じくするものであらう。焼畑の土地は今も凡て共有である。又茅を折り連ねて垣のやうに畑の周囲に立てること。之をシヲリと言つて居る。栞も古語である。山に居れば斯くまでも今に遠いものであらうか。思ふに古今は直立する一の棒では無くて。山地に向けて之を横に寝かしたやうなのが我国のさまである。

「山地に向けて古今を横に寝かす」という喩えは、山地＝古、平地＝今という構図が描かれており、山地の時間の層の厚さが示されている。つまり、（ヤエジメやシヲリという古来の習俗が現代も息づいている）山地は、（自動車無線電信の文明の押し寄せてきている）平地とは異質な時間が流れている異界として認識されているのである。これは、椎葉村への旅から柳田国男が持ち帰った山人論の出発点としての重要な認識である。『吉野紀行』の序をみれば、前登志夫はこの認識を、「吉野の奥というのは、地理的な奥というより、人間のくらしや感情の奥処《おくか》であるようにおもえる」というように、自分の言葉の中に十分に受肉していることをうかがわせる。そして前登志夫の山住みの思想は、柳田国男が追い求めた先住の原住民という「山人」像同様、「平野人の文化の生理として平野人の意識の中から生みだされた異系」として認識された時からすでに、非在へと突き刺さっていかざるを得ない痛ましいまでの根源性が孕まれていたのかもしれない。

II

熊野については、『存在の秋』の一九六九（昭和四十四）年に書かれた「黒潮の霊異――潮の岬にて」に、「熊野を通らねばどこにも出られないような気がする」という感慨につづけて次のように書かれている。

……つまり、国のまほろばに対する反世界を吉野にみるとき、その背後にひろがる根源としての熊野のイメージをつかまないと安心できなかった。しかも、大和の反世界として吉野があるように、伊勢に対する異境として、熊野がある。伊勢は、皇室の祖神の鎮まり給う地である。太陽神を信仰する種族の原郷ともいえよう。あるいは古代大和の東南の方位——巽という明い朝日の出る方角が重視される。この伊勢の反世界としての熊野は、隅野であり、影の風土であっただろう。皇祖神や太陽神にくらべて、昏くはるかな土俗神の風土であった。わたしはこのくらい貌をもつ土俗神に心ひかれたといってもよい。

前登志夫は、「大和の反世界として吉野があるように、伊勢に対する異境として、熊野がある」というように、吉野のイメージとパラレルな構図において熊野を摑もうとしている。しかし、「昏くはるかな土俗神」のような熊野の小説家中上健次の出現によって、前登志夫のこのような熊野の把握は揺さぶられることになる。熊野の小説家として自信を深めていくにつれて、中上健次は隅野、影の風土からまだまつろわぬ生尾人のように、果無山脈の向こう、吉野の奥から「熊野は吉野と違う」と吼えつづけたのである。

一九八六（昭和六十一）年の桜の季節に吉野でもたれた雑誌「俳句」の特別座談会でも、中上健次は次のように発言している。「ただ観光の吉野だけに付き合うってのはしんどいな。いま、前さんがちょっと、ぼくなんかから見て危ないなと思うのはね（笑）、観光の吉野を説いているんです。やっぱり一ぺん引っくり返っているというものを見ないと、何も見えてこない。これだけ物語の化け物がいるとね」と。ツルハシと汗で「路地」という物語を掘り起こす苦しい作業をすすめている中上健次には、吉野という歌枕の地は、観光化されやすい物語性の危惧をすでに深く秘めもっていると感じられている。それに対して、前登志夫は、「万有流転する時間のよく見える場所が歌枕の地であり、歌のしらべであり、言霊だと、ぼくはいつも思うのですが、そういうポエジイの本質が一般にしだいに希薄になっていますね。無限とか永遠とかいった生命の根底にあるものは、やっぱり時雨とか、土俗の人々のさりげない会話の中に一瞬あらわれる。作為を越えたものに触れるのも、自然の歳月に任すのも、生き方としては本当はなかなか困難なことだと思いますが」と答えようとしている。

中上健次の「観光の吉野を説いているんです」という発言は、言い過ぎであるか、あるいは当たっていないのではないか。むしろ、前登志夫の歌は、「一ぺん引っくり返っているというもの」、つまり「無限とか永遠とかいった生命の根底にあるもの」を一ぺん引っくり返そうとする困難な生き方から紡ぎだされていると思われるからである。

座談会での中上健次の発言はわかりにくいところもあったが、「もうひとつの国」(一九八三〈昭和五十八〉年)という長文のエッセイ(『中上健次全集』第十五巻)で、中上健次は吉野と熊野の違いを吼えたてる根拠をすでに明らかにしていたのである。

……熊野の者らは一様に、自天王を追う方に役を振り分け、密告通報する側に置いている。天誅組の志士らの尊王の激情は、その屈折を通っている。
同じ生尾人の里、吉野では、その屈折がない。天河が吉野の一部であり、熊野ではない、と主張するのは、屈折の有無が基準である。

大和や京や江戸の者らから見て、吉野が熊野に複雑な思いをもっているというのは、理解しがたいであろう。例えば吉野が、京、大阪にちやほやされ感性が柔になり、熊野にでも入れば、いまだまつろわぬ者らに取り殺されると思っている、といえば驚くだろう。熊野でも海岸線の住人と山奥の住人とでは感性は大きく違うように、吉野と熊野の違いは大きいのである。

熊野への思い入れが深い分、史実としてはどうかと思われるところや、そうかなと疑問を感じるところもあるが、言いたいことは明確である。「同じ生尾人の里、吉野では、その屈折がない」ということである。その屈折とは、いまだ日本という天皇の物語に組み込まれていない、まつろわぬ者らの激情なのである。この文をはじめて読んだ時から、「自天王」といい、「生尾人」への言及といい、この箇所は中上健次の前登志夫へのなんらかのメッセージがこめられているのではないかと読んできた。もしこれに前登志夫へのなんらかのメッセージがこめられているとすれば、「京、大阪にちやほやされ感性が柔に」なった吉野という中上健次の批判には、次の視点が抜け落ちているように思われる。そのようなあやうい一面ももつ吉野に定住して歌を紡ぐためには、前登志夫のように非在の村への「帰郷」という違った意味での屈折を経なければならなかったという視点である。

むしろ、この中上健次の描く吉野と熊野の構図は、前登志夫が描く「大和の反世界として吉野」とほぼパラレルな構図になっていることのほうが驚かされる。前登志夫が『縄文紀』から『樹下集』へとその世界を深めつつあり、中上健次が『地の果て　至上の時』につづいて『日輪の翼』を完成させていたこの時期、前登志夫は吉野の奥へと、中上健次は熊野の奥へと、その文学空間を掘りすすみ、天河あるいは果無山脈をはさんで、ほんとうは背中合わせに思想的にもっとも接近していたのではないだろうか。

前登志夫にとって、この熊野のまつろわぬ生尾人中上健次は、憎まれ口はたたくけれど、どうも絶えず気にかかる、愛すべき存在であったようだ。酒がはいると、前登志夫は、熊野歌碑の除幕式に中上健次が雪駄ばきのブルゾン姿で駆けつけてくれたことや、「俳句」での岡井隆との鼎談のときの病気をおして出席していた中上健次の様子をよく口にしたものである。中上健次の言動は、前登志夫の深層にあるまつろわぬ荒々しいもの、屈折したものを揺さぶりつづけていたのであろうか。『青童子』に中上健次への挽歌二首が収められている。「『千年の愉楽』をわれに手渡してあばよと逝きぬいたづらっぽく」と「死の淵をかたはらにして定型のマレビトよきみ野球帽まぶか」である。

背中合わせに接近していた時期もあったが、前登志夫が拠った柳田国男と、中上健次の風土の先達である南方熊楠とが、山人論をめぐって訣別したように、最接近の時期以降は、前登志夫と中上健次もそれぞれの文学の時空をもとめて、お互いに「あばよ」と別れていったように思われる。前登志夫は、「盗賊のごとく」華やぎながら、帰郷した非在の村の奥へ奥へとみずみずしい劫初の時間をたずねて歌を紡ぎつづけていくのであり、一方、中上健次は、熊野の「路地」をつきぬけて、韓国へ、アメリカへと「路地」のもつ世界性をもとめて、まつろわぬ者らの物語を書き継いでいくのである。

吉野と熊野という分厚い時間の層をかかえこんだ風土のパースペクティヴを得るために、随分と回り道をしたようだが、ここに見てきた吉野の「背後にひろがる根源としての熊野のイメージ」をも視野に入れながら、どのようにして「山びとの象徴する反世界のイメージが、決して先住他民族のそれであるよりも、平野人の文化の生理として平野人の意識の中から生みだされた異系である」という前登志夫の山住みの根拠としての思想が獲得されていったのかを、『子午線の繭』の「山人考」をテキストにして見ていくところにまできた。

III

『子午線の繭』の「山人考」の一連は、「渚」と題された詩一篇と、「歩み来て渚をなすと」という題をもつ短歌二十二首と、この一連の題としてとられた「山人考　ある異端の精神の縞目」という長歌一篇からなるというおもしろい構成となっている。そのどれもが異常噴火のように噴き上げた抽象性の高い観念で紡がれているのでわかりにくいところがある。それだけに魅力的な一連でもある。日高堯子はその著『山上のコスモロジー』において、長歌「山人考」にうたわれる道祖神《くなど》やけものみち、標《しめ》ある林や標結《しめゆ》へる境などは、現代の時空のなかの〈境界〉という他界の入り口である、という鋭い切り口の考察をしていたが、ここでは「山人考」の短歌作品を手がかりにして、「山人」に対する前登志夫の意識の傾斜を追ってみたい、「山人考」の詩も長歌もおのずからこの考察にかかわってくることを期待して。

朝露をふみて下るも太陽はまばたきて市に売られたりき

難しい言葉はどこにもないが、一読しただけで理解できる歌ではない。二句切れの上の句「朝露をふみて下るも」は、山に暮らすものの実景であり、実感であろう。しかし下の句はわかりにくい。「歩み来て渚をなすと」という一連が、「紅葉を急げる晩夏ひそかなる山の走井《はしりゐ》岩に湧き出づ」という冒頭歌から始まっていたことや、引用歌直前に「夏の終り　最もちかき性愛も北さしてゆく空の渚を」の一首が置かれていることを考慮すれば、下の句の「太陽はまばたきて市に売られたりき」というのは、夏の終りの暗喩であると大きくは摑むことができるであろうか。ぎらぎらと目をみひらいていた真夏の太陽も、ようやくまばたきながら静かな眼差しへと変ってゆく。そのような夏から秋への季節の移ろいを「市に売られたりき」ととらえるところに、前登志夫の山人への傾斜が感じられる。里よりも早く秋の来た山から、朝露をふんで山づとである晩夏の太陽をひっさげて、「市」に出かける山人の姿がイメージされるのである。

長歌では、「市」は次のように歌われている。

かにかくに交易の　秋の町かな　日照雨《そばへ》する峡《かひ》の白壁　けだものの皮もて替へる　米・味噌・火薬　足らざればきのこ・栗も添へむ　人混みにまぎれてぞ　文明の秋のひと日を　愉まむ異端の裔《すゑ》に　消えのこる縞目はなきか　きびしかる資本の掟　今われの与ふものなくむらぎもの心苛《さいな》む　そのかみの　国栖びとの舞　葛城の族《やから》の呪術　買はれしや　わがなさむ異端の道化　この山づとを買ふべしや　いづこの誰　そのかみの　青き縞目は飾窓《ウインドー》に翳る日照雨《そばへ》か　購《あがな》へるＬＰの盤　抱きかかふ秋の市かな

前登志夫が住む下市町では、いまでも冬市が立つ。『樹下三界』には、「日本で最も早く商業手形の用いられた「下市札」の町、今もその冬市が続いている。初市と呼ぶ。カミの祭りと共に、山間の人たちと平野の人との交易の場として、「市」はひらかれた。その名ごりを今もつたえているが、もはや昔の夢はない。」と書かれている。長歌では、今でも実景であるこの「市」が、「資本の掟」に支配された現代の時間と「山づと」に象徴される始源の時間の交易の場に見えてしまう「山人」へと、その意識の傾斜を深める異端の精神が歌われている。「けだものの皮もて替へる　米・味噌・火薬　足らざればきのこ・栗も添へむ」という山人の素朴な意識はすでに異端である。「資本の掟」に支配された現代の時間は、「そのかみの　国栖びとの舞」や「葛城の族《やから》の呪術」ばかりか、「わがなさむ異端の道化」さえ「山づと」として要求するのである。「人混みにまぎれてぞ　文明の秋のひと日を　愉まむ異端の裔《すゑ》に　消えのこる縞目はなきか」の詠嘆は深い。この詠嘆の深さは、その深さをたもったまま『縄文紀』の「鬼市」の章へと突き刺さっていく。

折口信夫は、『山のことぶれ』で、「市」の起源を、「さうした祭り日に、神を待ち迎へる、村の娘の寄り合うて、神を接待《イツ》く場所《ニハ》が用意せられた。神の接待場《イチニハ》だから、いちと言はれて、こゝに日本の市の起原は開かれた。」と書いている。また、「鬼市」については、「此山の土産は祝福せられた物の標《シルシ》であつて、山人の山づとは此である。此が、歌垣が市場で行はれ、市が物を交易する場所となつて行く由来である。さうして、山人・山姥が里の市日に来て、無言で物を求めて去つた、と言ふ伝説の源でもある。」と述べている。（無論、この沈黙交易〈鬼市《きし》〉については柳田国男も書いているが、テキストの手に取りやすい折口信夫に拠った。）この『山のことぶれ』

や『ほうとする話』や『翁の発生』に述べられた折口信夫の山人論に、前登志夫は多くのことを学んだと思われるが、前登志夫の短歌や長歌に見られる「山人」のイメージは、「山人」に先住異族のイメージを追い求めた柳田国男の思想に、その基層を置いているように思われてならない。『遠野物語』の「七」に「山に入りて恐ろしき人にさらわれ」た女の語る、遠野の「市」に出て行く「山人」の話がある。「……衣類なども世の常なれど、ただ眼の色少しちがえり。一市間《ひといちあい》に一度か二度、同じようなる人四五人集り来て、何事か話を為し、やがて何方《どちら》へか出て行くなり。食物など外より持ち来たるを見れば町へも出ることならん」。この「山人」たちは、関連した他の挿話から類推すると、採金とかかわりのある山師であるようだ。「二九」に前薬師といわれる鶏頭山に登って、三人の「山人」に会った山口のハネトという家の主人が物語るという話が出ている。

……帰りての物語に曰く、頂上に大なる岩あり、その岩の上に大男三人いたり。前にあまたの金銀をひろげたり。この男の近よるを見て、気色《けしき》ばみて振り返る、その眼の光きわめて恐ろし。早池峯に登りたるが途《みち》に迷いて来たるなりと言えば、然《しか》らば送りて遣《や》るべしとて先《さき》に立ち、麓《ふもと》近きところまで来たり、眼を塞《ふさ》げと言うままに、暫時そこに立ちている間に、たちまち異人は見えずなりたりという。

服装もほとんど変わらず、言葉も通じるが、「ただ眼の色少しちがえり」、「その眼の光きわめて恐ろし」とその眼に特徴をたたえた男たちのことが語られているが、吉本隆明は、『『遠野物語』が「山人」というとき、これらの挿話は「山人」が金鉱をさがしあて金を採取しようとして山中を渡り歩き、住みつく人々と結びつくことを暗示している」(『柳田国男論集成』「《遠野物語》別考」(一九八三〔昭和五十八〕年)と指摘している。

それは山奥に住まうものを異族や異類とみなしたいような里人の農耕共同体の、半ば血縁的な封鎖された眼が生み出す、恐怖感や畏怖感と結びついて表出されている。もし里人の農耕共同体がつよい血縁で閉じられていなかったならば「山人」の世界もまたひらかれた共通の幻想のもとで表白されたであろう。わたしたちは怪異譚の懐しさとおぞましさの奥のほうで、「山人」たちの姿を追いもとめる伝承の眼と、それをまたはげしい執着で刻みつける編者の眼をたどってゆくことになる。

これは『共同幻想論』(一九六八〔昭和四十三〕年)において展開された考え方を踏まえた考察であるが、この吉本隆明の『共同幻想論』をすでに先取りしているかのような前登志夫の「山人幻想」の「山びとの象徴する反世界のイメージが、決して先住他民族のそれであるよりも、平野人の文化の生理として平野人の意識の中から生みだされた異系である」という認識は、これが書かれた一九六四〔昭和三十九〕年という時点においてはいかに突出した洞察であったかわかるだろう。

しかしながら、「山人」を「異族や異類」とか、「先住他民族」とみなす発想は、すでに柳田国男の『山人考』(一九一七〔大正六〕年、日本歴史地理学会大会講演手稿)において、「山人すなわち日本の先住民は、もはや絶滅したという通説には、わたしもたいていは同意してよいと思っております」とほとんど手放されていた。といっても、その掉尾で「私は他日この問題がいますこし綿密に学会から注意せられて、単に人類学上の新資料を供与するに止らず、日本人の文明史において、まだいかにしても説明しえない多くの事蹟がこの方面から次第に分ってくることを切望いたします。ことに我々の血の中に、若干の荒い山人の血を混じているかも知れぬということは、我々にとってじつに無限の興味であります」という保留をつけながらではあったが。

そして、実は、前登志夫にとって重要であったのは、このような「山人」をめぐる解釈よりも、柳田国男が掉尾に書きつけた、この「若干の荒い山人の血」を自覚的に引き受けようと覚悟したことではなかっただろうか。柳田国男の『山人考』が終わったところから前登志夫の「山人考」は始まると言っていい。「異系」である生尾人としての非在の時空を生きる覚悟である。非在の村への帰郷という屈折を経て、さらに非在の「山人」という意識への屈折角を深めていくのである。

螟子《まぐなぎ》のしきりにこばむ眼底《まなぞこ》に半獣の身の丈《たけ》なすあはれ
くるめきて螟子《まぐなぎ》舞へり炎《ほむら》なすくらき時間をまなこは歩む
わが腕の草に欠け落つ朝すでに狼の群こめかみつたふ
胎児以前　その慾望の樹にちかくひかりを吸ひて石斧《せきふ》息づく

引用の一首目、無数の螟子が飛び交い、見えにくい現実の向こうに何かを見ようとしている作者がいる。「しきりにこばむ」とは、その現実を捨てて非在の時空を生きようとしている作者を拒む自我の苦しみであろうか。しかしその眼底にはもう半獣となった自分の姿をとらえてしまっている「山人」としての意識の半球が歌われている。「あはれ」は歌としては傷であろうが、引き裂かれた自我からおのずと洩れ出た詠嘆の声であろう。『靈異記』では、この「半獣」の意識は「杉山に入りきておもふ半獣のしづけさありて二十年経る」(「死者の幾何学」)と静かに反芻されている。

二首目、おびただしい螟子が狂うように飛び交い、現実と非在の境界がうすれていく。「炎《ほむら》なすくらき時間」とはそのボーダレスな時空で、とろとろ、とろとろと燃えている意識のほむらであろうか。「山人」へといざなう意識のほむらを見つめながらまなこは歩みはじめる。

三首目は、草に欠け落ちた腕のように意識から現実が欠け落ちてしまい、すでに「山人」の意識をたたえはじめた作者のこめかみを、山の稜線のように滅びた狼の群れがつたう。「山人」の意識は滅びた時空をも呼び込み、歴史の根源をめざして「血のみなかみ」へと溯りはじめる。

四首目は、「胎児以前」の「血のみなかみ」が意識されており、その欲望さえ、「ぼくが限りなく存在に近づいてゆくと、あるときぼくと樹の区別が曖昧になる」というほど樹に近くなり、ふと気がつくと、そのような「山人」の意識には原初のひかりを吸って「石斧」が寄り添っているのである。この「石斧」も「山いづる日輪あかし石斧もて木の間を行けば恥かがよはむ」(「さくら咲く日に」)と『靈異記』へと持ちはこばれる。

この四首に見られるような、歴史の根源をめざして「血のみなかみ」へと溯ろうとする前登志夫の「山人」の意識は、たった一人の非在の村づくりの基層となっている意識でもある。非在の村は、「山人」の意識から差してくるひかりを浴びて、かすかに確実に村の動きを開始しはじめた。

流木を集めて朝の焚火せり村ひとつ創《つく》る心せつなし
沈黙の村を過ぎ来つわが耳に生《あ》れ出づる蒼き幾千の蜂
魂の流刑《るけい》と知ればおのづから雄々しき角《つの》に落暉を飾り
くしけづる髪より出づる蜜蜂を夜明くる村に翔ばしむる妻

流木は血のみなかみから流れてきたのだろうか。その流木を集めて朝の焚き火をしている男がいる、非在の村を創るプランを練っている男だ、のちに「時じくに雪ふる国や吉野なるその一人だに飢ゑの耀へ」という歌を詠む男だ、その飢えのような焚き火の炎を見つめながら。「心せつなし」と詠まれているが、しらべにはどこか焚き火のように暖かいものがある。その非在の村の基層となる「山人」の異系の血脈は見えたのだろうか。「沈黙の村」「魂の流刑」「夜明くる村」という言葉に見られるように、非在の村の風景はいまだ昏いが、「耳に生れ出づる蒼き幾千の蜂」の顫音を聴き、「雄々しき角に落暉を飾り」、かたわらには「くしけづる髪」から「蜜蜂」を「夜明くる村に翔ばしむる妻」がいる。妻も山姥へと変身を遂げようとしているのか。風景は昏いが、この四首のしらべには確実に「山人」の血が脈搏っている。

このような非在の村の非在の「山人」意識は、しかしながら、一朝一夕にもたらされたものではない。「平野人の文化の生理」を生きるわれの意識と、その「意識の中から生みだされた異系」

の歴史の根源へと向かう「山人」の意識は、寒流と暖流の潮の流れのように何度も何度もぶつかり合って、意識の霧を生じさせたのだろう。前登志夫には、山家から見下ろす平野にたちこめた霧は、意識のせめぎ合う海から生じた霧のように思えただろう。そのような意識の霧が波のように押し寄せるところとして「渚」が直観されたのではなかろうか。無論、折口信夫の「常世の国を、山中に想像するやうになつたのは、海岸の民が、山地に移住したからです」（『翁の発生』五「山びと」）のような海人部の裔としての山人論が発想の基層にあるかもしれないが。

この「渚」は、ある時は「夏の終り　最もちかき性愛も北さしてゆく空の渚を」の一首に見られるような空間的な「空の渚」と意識されることもあれば、「行き行きて何の渚ぞ、秋すらや大きく虧《か》けてまなこへだつる」に見られるような時間的な「渚」であるときもあるのではなかろうか。

くらき血の渚を移る野鼠の大群なりき　砂のこだまよ
歩みきて渚をなすと、きはまりて秋ひとすぢに渚をなすと

「野鼠」は意識の渚に巣くっていた自我の暗喩であろうか。「山人」の意識が渚に押し寄せてくると、その意識の渚から野鼠の大群のように自我は移動してしまった、しかしその自我の反響のような「砂のこだま」はまだ聞こえている。「山人」の意識への歩みは、「歩みきて渚をなすと」というリフレインのように、その一歩一歩が時間の渚となっていく。

ここまでくると、「山人考」冒頭の「渚」という詩は、柳田国男の言う「山人」が「みんな殺

された」あと、たった一人の「山人」として生きていく覚悟を歌ったものであることがわかる。

目がさめると真赤な夕焼けだつた
みんな殺された
曼珠沙華が咲いてゐる
塞《さへ》の神に供へよう
山稜から山稜を歩いて
大きな時間の鬣《たてがみ》を刈らう
それを供へよう　わたしの愛は
くらい津波だ　見よ
平野はすでに紫の海にひたされてゐる
たましひはかうしてある日
渚にうちあげられた

この詩の反歌として、『靈異記』より次の二首（「前鬼後鬼」）を引用しておく。

海部《あま》びとは山に来たりて棲みにきと平野をもたぬ種族恋ほしも
尾根づたひわが知る渚、むらさきに平野をひたし盈《み》ち来たるかも

7　生贄考

I

柳田国男の『山の人生』は、「存在」ということについて、私たちに立ち止まって考えることを強いる書物である。「一　山に埋もれたる人生あること」のなかに、飢えきった子供二人を鉞《まさかり》で斫《き》り殺した五十ばかりの男の話が語られている。

眼がさめて見ると、小屋の口一ぱいに夕日がさしていた。秋の末のことであったという。二人の子供がその日当たりのところにしゃがんで、頻《しき》りに何かしているので、傍へ行って見たら一生懸命に仕事に使う大きな斧《おの》を磨《と》いでいた。阿爺《おとう》、これでわたしたちを殺してくれといったそうである。そうして入口の材木を枕にして、二人ながら仰向《あおむ》けに寝たそうである。それを見るとくらくらとして、前後の考えもなく二人の首を打ち落としてしまった。それで自分は死ぬことができなくて、やがて捕えられて牢《ろう》にいれられた。

夕映えの空を眺めていると、ときどき引用したこの箇所が強烈に蘇ってくることがある。ぞっとする光景なのに、なぜかなつかしく。前登志夫の歌集『縄文紀』の「輪廻の秋」の一首、「父われに殺してくれといはざれば夕闇朱《あか》し高き山畑」が思い出されることもある。一見平穏な内容だが、しらべに意識の飢えのようなものをさみしく漂わせている一首。この一首の光景と『山の人生』の引用した箇所の光景とのズレに思いをめぐらしながら、夕闇につつまれることもある。

あるいは、「一四　ことに若き女のしばしば隠されしこと」には、『遠野物語』にも語られていた「寒戸の婆」の神隠しなどのさまざまな実例を引きながら、神隠しに遭い、戒名をつけて祀られていた釜石地方の名家の嫁女の伝承に触れつつ、次のような洞察がぽんと投げ出されている。ぽんと投げ出されているために、そのときはそれほど意識しなかったのに、ある歌や文章に触れてにわかに意識の底から浮かび上がってくる箇所である。

……恐らくはこれが神隠しに対する、ひとつ昔の我々の態度であって、かりにただ一人の愛《まな》娘《むすめ》などを失うた淋しさは忍びがたくとも、同時にこれによって家の貴《とうと》さ、血の清さを証明しえたのみならず、さらにまた眷属郷党《けんぞくきょうとう》の信仰を、統一することができたものではないかと思う。

この箇所は、一九六三（昭和三十八）年に書かれた前登志夫の「国原の時間――『死者の書』のイメージ」（『存在の秋』所収）に引用されていたことが思い出される。「郎女が神隠しに逢ったという噂は、都では旋風のように湧きおこるのである。『死者の書』の特異な点は、この清らかな古代女性が、すでに百年も昔に死んだ者の幻に、息づくように交感し、慕っていく切実さである」ということを明らかにするための引用であった。しかし、この引用箇所に触れては、前登志夫は、「沼空が繰り返し愛読したといわれる『山の人生』は、「山近くに住む人々の宗教生活には、意外な現実の影響が強かつたといふことを論証する」意図があったらしいが、きわめて難解であり、暗示に富んでいる」（傍点は引用者）と言うにとどまっている。そして、論旨としてはさらに、柳田国男の『妹の力』の「昔は個々の家庭に於て、神に問ふべき問題が今よりも遥かに多く、寧ろ求めて家の婦人を発狂せしめる必要すらあつた」という箇所を援用して、「未知の世界の予言者ないし語り手として」の「女性の重要な役割」が強調されていくのである。

柳田国男の『山の人生』や『妹の力』を援用しながら書かれた釈迢空の『死者の書』論であるこの「国原の時間」において、前登志夫は、『山の人生』を「きわめて難解であり」とかわしてはいるが、同時に「暗示に富んでいる」という言葉に思索の在り処が示されていると読むべきだろう。おそらく前登志夫は、この「国原の時間」を書いていた時期に、歌集『子午線の繭』の「交霊」の章の後半部の「山人考」や「変身」の歌々を紡ぎ出していたことだろう、「未知の世界の予言者ないし語り手として」の歌の方法論を模索しつつ。

また、「一四　ことに若き女のしばしば隠されしこと」の先に引用した箇所を目にすると、歌集『子午線の繭』の「交霊」の章の掉尾の一連「変身」と題された三十首のなかの次の一首が、意識の底から浮かび上がってくることもある。

岩の上に時計を忘れ来し日より暗緑のその森を怖る

この一首は、すでに折口信夫の最晩年の論文『民族史観における他界観念』を援用して考察したことがある（「5　再生の森」参照）。「日本におけるあにみずむは、単純な庶物信仰ではなかつた。庶物の精霊の信仰に到達する前に、完成しない側の霊魂に考へられた次期の姿であつたものと思はれる。植物なり巌岩なりが、他界の姿なのである。だが他界身といふことの出来ぬほど、人界近くに固著し、残留してゐるのは、完全に他界に居ることの出来ぬ未完成の霊魂なるが故である」。この箇所を踏まえて、村という現実の時間と森という他界の時間との境界に佇んでいる樹木や、その境界に置かれている巌岩に、折口信夫のいう「未完成の霊魂」の表情をまざまざと見、声をありありと聴きながら、その歌を紡いでいる前登志夫の歌の基層を考察したのである。だから、その考察をここでもう一度繰り返そうとは思わない。しかしながら、その考察では、この一首の「岩」のなかにこもる「未完成の霊魂」というフィルターを通して、太平洋戦争で戦死した養子の春洋に対する折口信夫の悲痛な思いを、同じ戦争でやはり戦死した兄に対する前登志夫の思いに重ねすぎたのではないかという反省がある。しかし、このような反省が、『山の人生』の「一四　ことに若き女のしばしば隠されしこと」の引用の箇所を読むとき、「岩の上に時計を忘れ来し日より暗緑のその森を怖る」という一首を思い出させるという説明にはならない。むしろ、神隠しに遭った愛娘のように岩の上に置き忘れられた「時計」への考察が不十分であったことを反省させるものとして、この一首が意識の底から浮かび上がってくるのだと思われる。

　折口信夫の「未完成の霊魂」がこもる岩という「他界観念」を解き放って、岩（＝石）そのものをもう少し一般化すると、M・エリアーデが『聖と俗』で言っているように、岩（＝石）は人間に〈聖なるもの〉の現象形態を啓示しているのである。

　石が聖体示現として人間に示しうるもの、すなわち力、堅さ、持続が認識される。——石の特殊な存在様式は人間に、時間を超越した、生成によっても侵されることのない絶対的現存性を啓示する。（傍点は原文、風間敏夫訳）

このような「聖体示現」としての存在様式をもつ「岩」の上に置き忘れられた、日常の薄っぺらな時間を刻む「時計」は、すでに〈聖なるもの〉に捧げられたいけにえのイメージを運んでいないだろうか。森という他界の時間を受肉するための供犠。子羊の心臓のように「時計」の秒針も速い時間を刻んでいる。この「岩の上の時計」は、聖なる森の時間を受肉するためにいけにえとして捧げられた、現代人の浅薄な自我意識の形象化ではないだろうか。

前章では、たった一人の「山人」として生きていく覚悟を、歌集『子午線の繭』の「山人考」の詩と短歌と長歌を考察することによって見てきたが、「帰郷者」から「山人」へと意識が先鋭化していくにつれて、前登志夫の意識は他界の時間のほうへと濃く傾いていくのである。この他界へと傾いていく意識は、『山の人生』の「一四　ことに若き女のしばしば隠されしこと」の引用の箇所の神隠しに遭う女性や、『妹の力』の発狂させられる家の婦人の「未知の世界の予言者ないし語り手として」の役割の位相に重なってくるように思われる。

この神隠し譚の位相は、『山の人生』の同じ箇所を引きながら、赤坂憲雄によってきわめて根源的な考察が加えられている。「神隠しと位置づけられた瞬間から、家《イエ》にむけた否定の意志（たとえば呪詛）のあらわれであったかもしれぬ嫁の出奔は、家《イエ》の論理の圏内にすっぽり包摂されてしまう。それはむしろ〝家の貴さ、血の清さ〟を証明し〝眷属郷党の信仰〟を統一するための、いわば家自身のアイデンティティ維持装置として機能するようになる」（『異人論序説』）。そして、この考察はさらに次のように敷衍されていく。

あるいは、こうした神隠し譚とは、家《イエ》ないし共同体が不可避に繰り返すことを宿命づけられている供犠の、ある内面化の所産といってもよい。内面化とは受容であるとともに、隠蔽である。嫁という生け贄（第三項）の排除は、排除を語る物語としては否定され、神隠し譚へと再構成されることによってはじめて受容される。いつしか立派な戒名をつけて祀られるようになった嫁は、排除の反転としての神聖化、という供犠が多くの場合に孕みもつ主題を具現しているといえる。

『山の人生』の「一四　ことに若き女のしばしば隠されしこと」を読んだとき、前登志夫の「岩の上に時計を忘れ来し日より暗緑のその森を怖る」という一首が思い出されたのは、赤坂憲雄の言う、この供犠の内面化という位相によるものではないか。供犠の内面化の受容として「帰郷者」から「山人」へと詩の自覚が深まるにつれて、前登志夫は、岩の上に置き忘れられた時計のように、共同体からの排除という「恐怖」と、森の時間の受容という「畏怖」の、重層化した怖れをしらべに刻み始めていくのである。

II

ところで、この「変身」三十首には「変身」という言葉が詠みこまれている歌が一首もないので、題にこめられた作者の思いをたどることはそれほどたやすいことではない。いままで「繭のなかみどりの鬼が棲むならむ透きとほる糸かぎりもあらぬ」などの繭を詠んだ数首から、「変身」という題は、繭の〈籠り〉からの変身＝再生への希求からつけられたものとして読んできた。そのような読み方に間違いはないであろうが、「岩の上に時計を忘れ来し日より暗緑のその森を怖る」という一首の〈怖れ〉や、「さはさはと樹になりつらむしかすがに恥ふかき朝腕欠け落つる」という一首の〈欠損感・欠落感〉には、詩的直観としてとらえられたもっと深い認識がこめられているように思われる。

赤坂憲雄の先の引用文に、「生け贄（第三項）の排除」というキーワードが援用されている今村仁司は、その著書『排除の構造』で次のように述べている。

> ……変身は、つねに排除される第三項の変身なのである。変身の生じる場所は、第三項排除が生じるところであり、第三項自体が生成する場所である。（傍点は原文）

つまり、〈いけにえ〉として排除される「(第三項)」だけが「変身」を強いられるとともに、〈聖なるもの〉として生成することができるのである。このような認識は、〈怖れ〉や〈欠損感・欠落感〉として、前登志夫の詩的直観にもとらえられているように思われる。

手を積みて暁《あかとき》の貨車過ぎしかば雪嶺はみよわが聖家族

歌集『子午線の繭』の掉尾の一首である。上の句「手を積みて暁《あかつき》の貨車過ぎしかば」とは、どういう光景であろうか。「手を積みて」と「手」だけがクローズアップされた「暁の貨車」はなんとなく無気味な光景である。その無気味さは、下の句のマタイ福音書のなかの、ヘロデの嬰児虐殺からのがれたイエスの家族のイメージを曳く「聖家族」という言葉からも来ているかもしれない。そのイメージが上の句の手を積んだ貨車のイメージと響き合うとき、ヒトラーによるユダヤ人虐殺の後の死体を運ぶ貨車のイメージさえ喚起させられる。しかし、このイメージは飛躍しすぎるだろう。この一首の眼目は、〈いけにえ〉としての下の句の「聖家族」にあるだろう。「暁の貨車」は現実の村という共同体の暗喩ではないだろうか。その暗喩としての「暁の貨車」が運んでいるのは、貨物のように物象化した「手」によって表された、共同体の死んだような日常の時間ではないか。この一首では、共同体の人々の手以外の身体は欠落している。「変身」一連から引用した他の歌とは反転しているが、ここにも「変身」のテーマはある。詩の自覚として、森の時間を生きることを強いられる精神にとっては、共同体の意味は大きく「変身」せざるをえないのである。その聖なる時間を〈いけにえ〉として共に生きることを強いることになる家族は、「雪嶺はみよわが聖家族」と暗く華やぎつつ、きっぱりとした名詞止めで荘厳しなければならない。

この一首に見た共同体との関係の構図は、エッセイ集『存在の秋』に収められた「自然の泪」に次のように書かれている。村の秋祭りに曳かれた子供みこしが、元気よく祭りの庭になだれこんできたときの情景である。

ところが、わたしの二の童子だけ、どうしてか黒い服をきて、この明るいさわぎの環《わ》の外にぽつんと突っ立っていた。そのとき、わたしは村というゲマインシャフト（共同体）におけるおのれの姿を、まざまざと見せつけられるような一種の戦慄をおぼえた。スケープ・ゴートという言葉が、きざなかんじでなく痛みとして実感されたからだ。

歌集『子午線の繭』の歌のなかには、このスケープ・ゴート（いけにえ）という言葉はまだ見られない。しかし抽象性の高い抒情の鎧をまといつつも、いままでに見てきたように、歌集『靈異記』以降の歌の基層となる思い（＝思想）はきちっと詠みこまれている。といっても、『靈異記』にも犠牲（いけにえ）という言葉が出てくるのは次の一首だけである。『靈異記』においては、言葉としてよりはむしろ、形象として〈いけにえ〉という意識をとらえようとする作歌姿勢に、前登志夫の思想的な格闘を見なければならないだろう。

犠牲といふ言葉華やぐ夜明けの走者《ランナー》の汗ぬぐはむと

これはまだ「犠牲といふ言葉」が形象化されずに、観念が剝き出しになったまま放り出されているような一首である。なぜ「犠牲といふ言葉」が「華やぐ」のか。「夜明けの走者《ランナー》」とは誰か。何かを誰かに伝えるというよりは、何かを摑まえるためのスケッチのような一首。「夜明けの走《ラン》者《ナー》」と言えば、『存在の秋』の冒頭のエッセイ「冬の火」に出てくる黒衣の旅人が思いだされる。凍てついた暁闇をついて、た、た、た――と山道を歩いてくる。息の白さがかすかにわかる。

みえるはずがない。夜の闇を全身に吸いとったように黒い旅人である。

鬱蒼とした杉山の道をのぼって、ようやく峠を越えてきたその旅人の足どりはかるい。

「夜明けの走者《ランナー》」もおそらく、この「鬱蒼とした杉山の道をのぼって、ようやく峠を越えてきたその旅人」のイメージを曳く者であるだろう。その「夜明けの走者《ランナー》」が作者の意識のなかを通過して行くとき、「犠牲といふ言葉」が「華やぐ」と言う。これは、他界の時間を連れてくる「夜明けの走者《ランナー》」が、日常の時間に埋没して暮らさざるを得ない作者の観念においてすれちがうとき、「犠牲といふ言葉」がスパークするということなのだろう。そのときの華やぎとは、「岩の上に時計を忘れ来し日より暗緑のその森を怖る」という一首に見た「時計」のように、共同体から排除されるという「恐怖」と、森の時間を受容するという「畏怖」の重層化された〈いけにえ〉意識からもたらされる暗い華やぎである。「汗ぬぐはむと」という結句には、すでに他界の時間に捧げられようとしている〈いけにえ〉としての作者の意識のしたたりが投影されてはいないだろうか。

下の句の字足らずの破調は、「夜明けの走者《ランナー》」のスピード感を出しているのかもしれないし、あるいは口早に詠いおさめることによって、〈いけにえ〉という言葉が充分に受肉されていないことを示しているのかもしれない。歌集『靈異記』では、むしろ、〈いけにえ〉という言葉は出ていないけれども、その〈いけにえ〉意識の形象化を図ろうとしている歌のほうが、前登志夫の歌の世界をふかめている。

白馬をわれはもたねば罔象女《みづはのめ》しづまる河に額《ぬか》をひたしつ
黒馬を捧げて雨を祈りたる女神の杜の黒き馬はも
山道に人形《ひとがた》ひとつありしこと言はざりし日の昔おもほゆ
文明の快楽《けらく》に遠く栖みふりて人形《ひとがた》ならね雪の上に臥す

引用の前半の二首のなかの、白馬は雨を止めるために、黒馬は雨乞いのために、儀式で捧げられる〈いけにえ〉である。一首目は、その〈いけにえ〉としての白馬をもっていないので、水の神である罔象女が鎮まる、おそらくは増水して急流と化した河に、自らを〈いけにえ〉として差し出そうと額をひたしているのである。私たちの民族の基層にある、宗教的ともいえるような敬虔な感情が詠まれている。言うまでもなく、『日本書紀』によれば、罔象女は、伊奘冉《いざなみ》が火の神軻遇突智《かぐつち》を産んだために亡くなろうとする、そのときに生まれた水の神である。『吉野紀行』では、前登志夫は、「水神ミズハノメは火神とともに生まれた神であり、激しい落雷や稲光りの後にふる落雷の水を象徴している」と解釈している。その女神が横たわる河に額をひたすという行為には、〈いけにえ〉のもつしずかなエロスさえ感じさせられる。

二首目は、丹生川上社中社へ〈いけにえ〉として捧げられた黒馬への呪歌であるが、黒馬を雨乞いの儀式に捧げるという似通った例は、他の国でも見られるらしい。今から百年ほど前に書かれた、M・モースとA・ユベールによる「供犠の本質と機能についての試論」（『供犠』小関藤一郎訳）という論文にも、次のように報告されている。「雨乞いの時には黒い牝牛が捧げられるか、儀式中に黒い馬が加えられそれぞれに水が注がれる」。そして供犠の本質と機能は、「供犠によって持続と継承が保証される生命が連続することである。犠牲は吸引と放射の中心である。(中略) 犠牲が神のために死ぬのと同時に、それはまたあらゆる植物種の中に分散し、それに生命を与える、そして再び漠とした、非人間的なものとなる。(中略) この手続きは、犠牲という媒介によって、つまり儀式の中で破壊される事物の媒介によって、聖なる世界と世俗の世界の間の伝達を確立することにある」と、後に書かれるほとんどの「供犠論」の基となる骨子はすでにおさえられている。「聖なる世界と世俗の世界の間の伝達を確立する」黒馬が、この一首では、「女神の杜の黒き馬はも」と荘厳されている。

後半の二首には「人形(ひとがた)」が詠まれている。それは紙や藁で作られた人の形をした形代《かたしろ》で、私たちが体を撫でて罪や穢れをうつすためのものである。この人形は、人が〈いけにえ〉として捧げられていた頃の風習を伝える代用物とみなしてよいだろう。三首目は、〈いけにえ〉としての詩人の宿命のようなものを、山道に棄てられていた人形になんとなく感じとっていた、少年の頃の自分に思いをはせて詠まれた一首であろう。「言はざりし」には、共同体における現在の位置をそのときからうっすらと気づいていたことが、否定の痛みをともなった表現として思い出されている。四首目は、「文明の快楽に遠く棲みふりて」、村境の山道に棄てられていた人形のように、自分自身を人形として雪の上に投げ出したというのであろう。「人形ならね(ば)」という打消しは、三首目の「言はざりし」と同様、一首のなかにそう言ったときからすでに諾われているのである。先に引用した秋祭りの環の外にぽつんと突っ立っていた二の童子のように、文明社会というより大きな共同体での自分の位置を形象化しようとしたかのような一首である。

III

歌集『靈異記』の後記には、これらの歌は「山河の魑魅《すだま》どもにまぎれつつ、樹木や死者や雪雲や呪詛のなかをさまよった日の、死と復活のひそやかな言語的体験」であったと書かれている。M・モースとA・ユベールの「犠牲」の文脈を踏まえて言えば、『靈異記』の世界は、森の時間に捧げられた「谷行」という〈いけにえ〉のような歳月が、森の時間に分散され吸収されて、一首一首として紡ぎ出される体験であったと言えばいいのであろうか。

この苦しい言語体験を経て、〈もの〉と作者の距離がなくなり、一体化してしまったようなところから発想されている歌集『縄文紀』の世界では、「いけにへ」という言葉自体が、一首のなかにやわらかく詠みこまれはじめる。このような世界では、「いけにへ」という言葉はもうすでに観念ではなく、作者に親しい〈もの〉自体と化してしまっているのだろう。

樹のうれに夕星《ゆふづつ》祀る、ゆれやまぬ青杉の秀はつねにいけにへ
今年またひぐらし鳴きぬ犠牲《いけにへ》のかなしみならむひぐらし聴くは
夜《よ》の雲のうへにしづまる日常はいけにへのごと輝きそめつ
足あとは雪にのこれりいけにへの息するわれや山なみの空

これらの「いけにへ」という言葉が一首に詠みこまれている歌を引きながら、日高堯子は、そ

の著『山上のコスモロジー』で次のような的確な鑑賞をしている。

『子午線の繭』と『靈異記』に見た処刑、流刑、流人、人形、谷行などという言葉が、『縄文紀』では「いけにへ」というひとつの言葉に集約されている。（中略）これらの歌のなかには「いけにへ」のかなしみはあるが、処刑や流刑のように、自我そのものを対象とするつよい桎梏はすでにない。かれの意識は、「夜の雲」や「ひぐらし」や「山なみの空」や「青杉の秀」と、ひとつに溶け合っている。そしてそれらのものが輝くとき作者も輝き、それらが苦しむとき作者もまた苦しむのである。〈われ〉が山河の流動するフォルムのなかにいる世界である。「いけにへの息するわれや」と歌われている、そのやわらかな気息こそ、前が歌という形式に発見し、創りあげた、自我を超える〈個〉の、いや〈個〉さえ超えようとする生のフォルムの究極の表現であった。

これらの歌の鑑賞としては、これ以上何もつけ加えることができないようなみごとな批評である。この鋭い感性でとらえられた日高堯子のめくばりのきいた批評にもかかわらず、引用したそれぞれの歌に詠みこまれた「いけにへ」という言葉は、「そのやわらかな気息」にはまだおさまりきれない、わかりにくさや不気味さをかかえこんでいるようには思われないだろうか。そのわかりにくさや不気味さは、歴史の根源へと突き刺さっていかざるをえないような、「いけにへ」という言葉がもっている本質的なところからきているのではないか。『縄文紀』の後記には、言語体験として蘇生する、前登志夫の「いけにへ」経験が次のように記されている。

現実には満身創痍の自らの姿をそこ（「共同体という十方からの合《あはせ》鏡によつて、常民としての私の底のものを見据える経験」―引用者注）にたしかめるだけの行為に過ぎなかつたが、私は、村に住みながら、旅人のやうな定住漂泊の日々を自覚として強ひることになつた。村のなかにあつて産土からの臍の緒をいつたん截切つてみると、なぜか私には、人間の暮しや人間の生死の意味が一層よく見えるやうになり、内部の村への敬虔な感情が、逆に、あらたに湧き出るのをとどめ難いのであつた。私は、私の痛みの深さだけ、もはや意味を失つた世界が現実的に蘇生するのをありありと幻視した。

この後記に書かれている「私の痛みの深さ」こそ、「いけにへ」の痛みである。この痛みとは、「産土からの臍の緒をいつたん截切つてみる」痛みである。この痛みによって、「内部の村への敬虔な感情が、逆に、あらたに湧き出」てきて、「もはや意味を失つた世界が現実的に蘇生」したというのである。ここには、現代の「供犠論」と拮抗する「いけにへ」の本質についての洞察が、村棲みの現場からなまなましく報告されているように思われる。

この洞察は、「村に住みながら、旅人のやうな定住漂泊の日々を自覚として強ひることになつた」という「旅人のやうな定住漂泊」への前登志夫の強いられた自覚から出てくるのであるが、これこそ、先にも引用した『異人論序説』のなかで、赤坂憲雄が、〈漂泊〉と〈定住〉の形式によって分類している〈異人〉というカテゴリーのなかにおいて、「⑤外なる世界からの帰郷者」としての「潜在的な遍歴者」（傍点は原文）の分類のところに位置づけられる〈異人〉の意識ではないだろうか。内部と外部の聖なる境界に立つ〈異人〉。因みに、「⑥境外の民としてのバルバロス」（傍点は原文）のカテゴリーには、「土蜘蛛」「山人」「鬼」などが含まれている。

〈異人〉は内部と外部のはざま、それゆえ境界にたつ。この、境界をつかさどる〈聖〉なる司祭はまた、〈聖〉なる生け贄である。あらゆる境界は供犠の所産であり、〈異人〉はその供犠の庭に招《お》ぎ寄せられささげられる生け贄である。未分化な連続体としての世界のどこか一点に、生け贄がたてられ、供犠の暴力によって破壊される。この犠牲の死とともに連続体に生じた裂けめ（＝境界）は、世界を内部／外部ないしわれら／かれらに分割する。〈異人〉の排除、それゆえ供犠とはこうして、たえざる境界更新のメカニズムとなる。（傍点は原文）

境界に視点を据えて供犠の本質が提示されている。ここには、レヴィ＝ストロースの「犠牲の神聖化によって人間と神との間に関係が確立されると、そのつぎに供犠の儀礼はその同じ犠牲を破壊することによって関係を断ち切るのである。連続性の解消はこうして人間の所業の形をとる。ところが人間は前もって人間の側の貯蔵タンクと神の側の貯蔵タンクとの間を導管でつないでおいたのであるから、神の貯蔵タンクの方が自動的に空所を埋めて、人間があてにしている恵みを施すことになるはずである。供犠を図式化すれば、非可逆的操作（犠牲の破壊）によって、別の面において同じく非可逆的な操作（神の恵み）をひきおこすことである」（『野生の思考』大橋保夫訳）という非連続性の導入による供犠論や、ルネ・ジラールの「暴力が供犠のための殺害によって偏在化されるということから、暴力は鎮まり平穏化する。暴力が放逐されると言ってもいいだろうし、暴力が、決してそれと区別できない神の実体につけ加わってゆくと言ってもいいだろう。なぜなら、供犠の一つ一つは、原初の満場一致の瞬間、つまり、神が初めて最初にあらわれた瞬間に産み出された絶大な鎮静化を、はるかに小規模な形で再現するからである。人間の体が食糧を血と肉に変える機械であるのと同様に、原初の満場一致は悪しき暴力を安定と豊饒に変えるのである。他方、そうした満場一致が産み出されるということから、その満場一致は、もっと弱められた形でそれ自体の操作《オペラシヨン》を際限もなくくり返すための機械、つまり儀礼的な供犠を据えつけるのである」（『暴力と聖なるもの』古田幸男訳）という暴力回避の身代わりとしての供犠論や、今村仁司の第三項排除の供犠論などが踏まえられていることは、私たちの視野に入れておいていいだろう。

　歌集『縄文紀』の後記にあった「村のなかにあつて産土からの臍の緒をいつたん截切つてみると……」という前登志夫の思いには、赤坂憲雄のいう「未分化な連続体としての世界のどこか一点に」たてられた生け贄の視線が感じられる。この〈いけにえ〉の視線の置かれている位置については、浅田彰が『構造と力』で、ルネ・ジラールの供犠論を踏まえて論じている次の箇所がヒントを与えてくれるだろうか。

……全員一致で一人を殺すこと、これである。すべての暴力を一身に引き受けることによって殺されたスケープ・ゴートは、殺されることで絶対的に距離を置かれ、超越性の中に投げ出される。この超越者は、一切の暴力を身に帯びている以上、おそるべき存在ではあるが、それを引き受けることによって安定と均衡をもたらしてくれた者である以上、敬うべき存在になる。

かくして、あらゆるけがれを一身に背負った犠牲が、死せる王として中心Oの座につくのである。

（傍点は原文）

ここに述べられている、〈いけにえ〉として「中心Oの座」、言い換えれば、排除されたがゆえの超越者の位置を想定することによって、さきほどの歌集『縄文紀』の後記の引用箇所につづく、「なぜか私には、人間の暮しや人間の生死の意味が一層よく見えるやうになり、内部の村への敬虔な感情が、逆に、あらたに湧き出るのをとどめ難いのであつた」という前登志夫の切実な思いは、はじめて受け止められるのではないだろうか。

引用した歌に即していえば、「ゆれやまぬ青杉の秀」や「夜の雲のうへにしづまる日常」に、自己と同一化した「いけにへ」への眼差しがある。また今年も季節と季節のはざまで鳴きはじめたひぐらしの声に、「いけにへ」のかなしみを聴き、劫初と未来が出会う現代という時間の足跡が雪の上に残されているのを、「いけにへの息」をつきながらさみしく見ているのである。これらの歌の「やわらかな気息」のなかにも、〈いけにえ〉としての「私の痛みの深さ」が感じられる。「ひとたびは血は流れ出てうたふかな山なみのそら春の瀧《たぎ》なす」と詠われている、文明の「すべての暴力を一身に引き受け」た〈いけにえ〉としての感性からくる痛みである。

IV

しかし、この〈いけにえ〉としての「痛み」が、なにゆえに、「やわらかな気息」へと収斂されていくのか。こう問いかけると、もうひとつの供犠論が思い出される。やはりM・モースの供犠論を基層において、レヴィ＝ストロースの非連続性の供犠論を横断しつつ展開されている、ジョルジュ・バタイユの供犠論である。供犠は事物性の剝奪によって内奥性を取り戻すためにある、とバタイユは言う（『宗教の理論』湯浅博雄訳）。

供犠の原則は破壊である……。供犠が犠牲の生贄の内で破壊したいと願うのは、事物――ただ事物のみ――なのである。供犠はある一つの物＝客体を従属関係へと縛りつける現実的な絆を破壊する。（中略）供犠執行者と事物の世界とがあらかじめ切り離されることが、人間と世界との間に、また主体と物＝客体との間に内奥性が回復するために、あるいは内在性が回帰するために必要である。

バタイユによると、供犠は、現実的な有用性という絆に縛りつけられた事物たちを、「本来精霊としてありえたはず」の、「それらが由来する源である内在性へと、失われた内奥性の漠然たる領域へと」戻してやるための破壊なのである。前登志夫が歌集『縄文紀』の後記に言う「痛み」とは、有用性としてある世界から切り離される〈いけにえ〉としての「痛み」なのである。有用性としてある世界から剝がされた詩魂は、内奥への回帰をもとめて、本来精霊としてある事物たちの内在性と交霊をはじめるのである。〈いけにえ〉としての「痛み」が、「やわらかな気息」へと収斂されていく機縁はここにある。このようにして、日高堯子の批評にあった、「〈われ〉が山河の流動するフォルムのなかにいる世界」が歌として紡がれていく。

さくら咲く青き夕べとなりにけり少年かへる道ほの白く
鳥獣蟲魚のことばきこゆる真夜なれば青草人と呼びてさびしき
霧ふみて歩む女童いけにへのひそけさもちて木暗《こぐれ》に清し
誰かまた雪ほのぼのと踏みしめて無用の朝をかなしむらむか
朴の木の芽吹きのしたにかそかなる息するわれは春の山びと

歌集『縄文紀』のなかのこれらの歌の「やわらかな気息」には、後記に「私は、私の痛みの深さだけ、もはや意味を失つた世界が現実的に蘇生するのをありありと幻視した」と書く、前登志夫の自負もやわらかくつつまれているだろう。

この〈いけにえ〉の意識は、木の間に見え隠れする生尾人の尾のように、『縄文紀』以後の歌集にも曳きずられていく。「いけにへ」という言葉の出てくる歌を少し見てみよう。

花折りてくさむらゆけば夏草のさゆらぎ青くわれもいけにへ
山鳥の肉食べしわれ燔祭《はんさい》のなされしごとき巌《いはほ》に臥する
(『樹下集』)

日輪のあらはるるまで黎明の太鼓を打てばわれはいけにへ
山巓の秋のいけにへいくたびも錬金の爐の炎に入りつ
これやこの往くも還るも秋日中睡れる汚物われの生贄
(『鳥獣蟲魚』)

白き犬を連れて歩める吾が妻もいけにへならむ山の斜面《なだり》の
(『青童子』)

一首目、「花折りてくさむら」を行くのは〈われ〉なのであろうが、一首のなかでは、折れた花も夏草もわれも「いけにへ」としての「さゆらぎ」を見せている。主体を示さずに詠み出され、「われもいけにへ」と一首が止められると、「花折りてくさむら」を行ったのは〈われ〉を超えた何ものかであったような気もしてくる。ここには、〈いけにえ〉の「痛み」よりはむしろ、〈いけにえ〉として〈聖なるもの〉に捧げられて、あるがままにさゆらいでいる作者の意識がある。

二首目には、「いけにへ」という言葉は出ていないが、「燔祭」という供犧に関連した言葉が出ているので抽いた。「燔祭」というのは、祭壇に供えられた犠牲の動物を焼いて神に捧げることである。「燔祭のなされしごとき巌《いはほ》に臥する」という行為は、聖なる犠牲として捧げられた「山鳥」を食べた「われ」もまた、聖なる犠牲として捧げようとする象徴的な行為である。死と再生を繰り返す存在の連続性へとつなぐために、聖なるものに捧げなければならないという意識の表れであろうか。

これをジョルジュ・バタイユは神聖なエロティシズムと呼ぶ（『エロティシズム』澁澤龍彦訳）。

犠牲における外部の暴力があばき出すものは、血の流出と器官の噴出という形のもとに眺められた、存在の暴力である。（中略）動物の非連続的な個体としての存在が、動物の死を契機として、生命の器官の連続性に席を譲るのである。その連続性は、神聖な食事によって列席者の共同の生命のなかに捉えられる。（中略）犠牲が食べるという行為を、死のなかであばき出された生命の真実に結びつけていたのである。

〈いけにえ〉の死という外部の暴力は、私たちの生という内部の暴力を暴き出し、存在の連続性へとつなぐのである。〈いけにえ〉のように、厳に身を投げ出すことによってしか見えてこない真実もある。

三首目、四首目は、ともに「いけにへ」の対象としての太陽が詠まれている。太陽こそ私たちの世界の「いけにへ」である、という壮大な思いであろうか。気息も、『縄文紀』の「やわらかな気息」から、再生への希求をこめた力強い気息へと変化してきているように思える。四首目、下の句の「いくたびも煉金の爐の炎に入りつ」は、〈いけにえ〉としての死と再生のテーマを、夕映える空に沈みゆく太陽に見ているのであろう。「いくたびも」に再生への希求がこめられている。

五首目は、本歌取り風の軽いタッチで詠まれているが、「秋日中」駅の構内などに寝ているホームレスの男に、〈われ〉の文明に毒された部分の身代わりとしての生け贄を感じている、自己批判の歌である。少年のころ、山道で見た「人形」に感じたのと同じような、共同体が強いる〈いけにえ〉に対する「怖れ」も蘇ってくるような一首でもある。六首目、スケープ・ゴートとして詠まれてきた少年や女童にそそぐのと同じ視線で、「吾が妻もいけにへ」と詠まれている。本章第II節ですでに見てきたように、〈いけにえ〉としての「わが聖家族」に対する思いは深い。「白き犬」さえも〈いけにえ〉の歩みを歩んでいる。

最後に、触れないできたことが絶えず気にかかっていた一首を引用して、本稿を締めくくりたい。歌集『縄文紀』冒頭の一首である。

弟のかなしみなればひたすらに海に来にけりきさらぎの海

太平洋戦争中、ビルマで戦死した兄をもつ、弟としての作者のかなしみが詠まれている一首であろう。しかし、この一首の基層には、妣の国を恋い、姉アマテラスとの葛藤に苦しむスサノヲの、弟としてのかなしみが重層化されてたたえられていると読むべきではないだろうか。

その弟としてのかなしみからスサノヲは神田を破壊したり、祭殿を穢したりする罪を犯したのであり、そのために、鬚を切られ、手足の爪を抜かれ、高天が原という神の共同体の〈いけにえ〉として、国つ罪や天つ罪という穢れを一身に背負わされて放逐される。「ひたすらに海に来」たのは、妣の国を恋うひたぶるな心情である。下の句の「イ音」の反復がその心情をせつなく伝えている。

このスサノヲのかなしみは、共同体の時間と森の時間の境界に立って、〈いけにえ〉としての歌を紡ぐことになる前登志夫のかなしみと、時間を超えて響きあっているように思われる。

このような〈いけにえ〉のかなしみは、歌集『子午線の繭』の冒頭の一首、「かなしみは明るさゆゑにきたりけり一本の樹の翳らひにけり」へと、まっすぐにさかのぼっていくかなしみであるかもしれない。現代詩を書いていた前登志夫が、短歌としてはじめて詠ったこの一首の「一本の樹」は、すでに、〈いけにえ〉としてのかなしみの翳りを帯びてはいないだろうか。

8　原時間への帰還

I

桜桃忌の頃になるとそわそわしてくる。毎年、この頃には、私の棲家からあまり遠く離れていない玉立川《とうだち》という細流に蛍が発生するからである。今年の桜桃忌の夜はあいにくの雨であったが、今年はすべての季節的な事象が例年よりも早く推移しているので、その五日ほど前から、毎夜、犬の散歩を兼ねて、ファイヤーフライ・ウォッチングを楽しんだ。

夜の九時過ぎ。県道の街灯のあかりに慣れた目には、川沿いの街灯ひとつない小道は真っ暗闇である。川の音が内耳にひろがってくる頃、夜空の星に目が慣れてくる。蛙の声が空から降ってくるように聞こえ出すと、星あかりに水田の水面が白くひかっている。二十センチメートルほどに伸びた稲苗のうえを蛍が数匹飛んでいる。川の土手の草むらに灯を点している蛍もいる。

暗闇に目が慣れてくると、まわりの緑が黒を深めているぶんだけ、舗装された小道が白っぽく見えてくる。もののけの気配がするのか、犬がそわそわしている。暗闇に対する私の恐れを敏感に察知しているのかもしれない。ここに数匹、そこに数匹と飛ぶ蛍を見ながら川に沿って小道をさかのぼって行くと、昨年、何百という蛍が群舞していた場所に出る。今年は昨年ほどではないが、やはりここは蛍がいちばん多く飛び交っている。

おのずと口をついて出て来る一首がある。まわりには死者よりほかに誰もいない。声に出して朗詠してみる。

暗道《くらみち》のわれの歩みにまつはれる蛍ありわれはいかなる河か

この一首には、前登志夫が評論集『山河慟哭』の「歌と近代」の注記において紹介しているように、星野徹の鋭い読みがある。

〈われ〉は、すでに、前登志夫という個の姿を脱ぎ棄てて、悠久の太古から流れつづけてきた原時間、その原時間を構成する集合的な〈われ〉へと拡大されてゆく。かつて、万葉の詠み人知らずの歌を成立せしめ、また和泉式部の〈物思へば沢の蛍も我身よりあくがれ出づる玉かとぞみる〉のような歌をも、ときに生み出しながら、歴史の裏側を、現代の時点に到るまで流れくだってきた〈われ〉、そのおびただしい数の〈われ〉へと拡大され、ここからその〈われ〉の連続性そのものを表象するのが、〈河〉であることにもなる。

星野徹のこの評言によって、この一首のもつふかぶかとした重層性を教えられたのであった。そしてこの文脈に沿って、前登志夫の「帰郷」という原時間への帰還の意味を考察した(「2　帰郷論」、「3　時間の村」参照)。前登志夫の「帰郷」の切実さは、なによりもこの一首の気息にこめられている。歌のしらべというよりも、現実の村の奥深く、非在の村へと突き刺さっていく切実な問いのこもった気息というべきだろう。下の句の〈……蛍あり・われはいかなる河か〉のもつ句切れ、句またがりの気息には、星野徹の評言を肯いつつも、星野徹の評言がすこし悠長に思えるほど、もっと切羽詰まったものがあるのを感じざるを得ない。

それは、この一首の気息にこもっている、〈蛍〉と〈われ〉との、〈われ〉と〈河〉との、そして〈蛍〉と〈河〉との、関係性の緊密さからくるものであろう。この一首に二度出てくる〈われ〉は、〈われ〉と〈蛍〉との関係と、〈われ〉と〈河〉との関係を、その始源性において見ようとする切羽詰まった思いである。歌の瑕《きず》になるよりは、むしろ、〈われ〉と〈蛍〉、〈われ〉と〈河〉という〈われ〉と〈もの〉との始源の関係性を見せる働きをしている。〈われ〉と〈もの〉との関係性が明らかになると、〈蛍〉と〈河〉という〈もの〉と〈もの〉との関係性も一首において新しくはじまる、その転回点としての役目もこの〈われ〉は果たしているようである。この一首がもっている切羽詰まった気息には、〈われ〉と〈もの〉との、〈もの〉と〈もの〉との新しい関係性が始まる始源の時間の息づきが感じられる。

こんなことを思いながら、昨年は乱舞する蛍を見ていた。『子午線の繭』の第三章「交霊」の最初の一連に、なぜ「時間」という小題がつけられたのかに思いをめぐらしていた。『吉野日記』のつぎの記述をなんど思い起こしたことだろう。

麦の秋のころ、バスを降りて、川沿いの谷間の村を歩いて帰ると、山田の蛙の声とともに蛍がわたしの歩行に連れて戯れるようにしばらくついてくるようなことが再三あった。わたしの帰郷を拒んでいるのか、それとも歓迎してくれるしるしなのであるか。あるいは、わたしの歩みを河だと錯覚しているのか。わたしが河だとすれば、夜のほうへ、そして山の頂の方へ逆に流れている時間の河だ。

この文章には歌の詠まれた背景は述べられているが、〈われはいかなる河か〉の切羽詰まった気息がもつ意識の背景は、蛍のあかりほどにしか明らかにされていない。前登志夫がいう〈河〉が、〈われ〉を転回点として未来から過去にむかってゆったりとふかぶかと流れている時間性の表象であることを、より根源的に書いていたのは『吉野紀行』のほうであった。それは始源の時間を呼びこむ呪性のような気息であったのだ。

そのたゆみない静かな流れをみていると、川は未来にむかって流れるのではなく、未来からかぎりなく記憶にむかって流れているような気がする。その透明なフォルムの流れに石斧《せきふ》や石鏃《せきぞく》をもった古代人が映っている。

川沿いの暗道を川の流れをさかのぼるように辿っていると、じっとりと汗ばんでくる。歩むにつれて、蛍にも好奇心があるかのように、一匹、二匹と飛び寄ってくる。蒸し暑い。水無月の闇自体が、女の肌のようにじっとりと汗ばんでいるのだ。その闇に乱舞する蛍。棚田の土手の草むらにひそんで明滅する何百という蛍。「暗道のわれの歩みにまつはれる蛍ありわれはいかなる河か」と声に出してなんどか吟じる。その声に和するように蛍が舞う。この一首のかかえているふかぶかとした時間は納得できるような気がする。「われはいかなる河か」という切羽詰まった気息によって、この一首の内包する時間性の切っ先に蘇ったのは汗ばんでいるような闇のエロスかもしれない。

　蛍がともると、蒼白いいのちのイルミネーションをともすかのように草むらが息づく。暗闇に目が慣れてくると、稲苗がすんすんと闇を突いてそよいでいるのが見えてくる。川沿いに植えられた木々が、そしてその向こうにくろぐろと静まる森が、山が、闇にいのちを噴きあげている。水無月の闇がじっとりと汗ばんでいるのは、まわりのすべてのものが、いのちの存在を告げ知らせているからだ。時間とは、このような原初のみずみずしいいのちの交感からそよぎ生まれるものなのである。

〈われ〉と〈もの〉、〈もの〉と〈もの〉との関係性の緊密さは、原初のみずみずしいいのちとの出会いから歌い出されているところからきていたのであろう。栗木京子は、この一首のもつ気息を、「暗闇の中をおもむろに昇りつめて次の瞬間ガーッと急降下するジェットコースターに似ている」と述べたが、蛍の飛び交う暗闇でこの一首を何度も呟いていると、下の句の〈……蛍あり・われはいかなる河か〉の句切れ、句またがりの切羽詰まった気息は、水無月の闇に充満したみずみずしいいのちとの交感によって、一首として一瞬に放たれた射精のような気息であったのだと思われてきた。

　このように、世界がみずみずしいいのちの緊密な関係性のもとにエロス的対象として存在していることを、前登志夫は時間性の切っ先で歌おうとしていたのである。交霊とは、いのちといのちの反響である。

II

一冊の歌集に収められてはいるが、『子午線の繭』の第一章「樹」や第二章「オルフォイスの地方」の歌と第三章「交霊」の歌とのあいだには、エロス的対象として存在する世界の認識のしかたにおいて大きな違いがあるように思われる。この違いを端的に言えば、「樹」や「オルフォイスの地方」においては、まだまだ多くの歌が〈われ〉を基軸にしてうたいだされているが、「交霊」以後の歌はむしろ〈われ〉が歌の対象や歌のしらべ・気息の中に投げだされるようにうたわれていると思うのである。例えば、対象として蛍を詠んだ歌をみてみよう。

河幅に飛び交ふ蛍幾千の灯《とも》せる性を夜は投げるも　（「オルフォイスの地方」）
河ぎしの夜の息づき灯しつつ蛍は青き死のさかな釣る
暗道《くらみち》のわれの歩みにまつはれる蛍ありわれはいかなる河か　（「交霊」）

引用歌は「オルフォイスの地方」の「水は病みにき」一連のものである。一首目は、河幅いっぱいに乱舞する蛍が詠まれている。下の句の「灯《とも》せる性を夜は投げるも」の重層的な詠み方に前登志夫の世界が見られるものの、蛍の「灯《とも》せる性」は〈われ〉の投影であることからまぬがれていない。河おともほとんど聞こえてこない。二首目のほうが歌としての詩的完成度が高く、夜がかかえもつ生と死のドラマがしらべにすっと流れており、「水は病みにき」という山河が耐えている痛みを伝え得ているが、「青き死」という詩的な表現によって、かえって〈われ〉の意識があらわになったように思われる。反対に、「交霊」の「時間」一連にあるこの一首は、何を詠みこもうともなされてはいないように思われるのに、しかし、前節でみてきたように、この一首を読むと、乱舞する蛍や暗闇に息づいているさまざまないのちとのエロス的な交感がまざまざと感じられ、歴史の根源へと流れていく河おとが聞こえてくる。なぜなのだろうか。

「交霊」以降の前登志夫の「帰郷」の意味については、本人もさまざまなところに書いているが、ここでは第三歌集の『縄文紀』の「あとがき」を抽いて、時間性の切っ先にある前登志夫の歌のエロスをすこし明らかにしておきたい。

……（第二歌集『靈異記』の作歌時期にあたる晴林雨読の日日は）伝統的な村落共同体に棲み、その土地の風雪を共有する者のみに見える、かけがへのない民俗の内的体験であつた。山村の暮しがそのまま芸術であるやうな村づくりにも情熱を注いだが、共同体といふ十方からの合《あはせ》鏡によつて、常民としての私の底のものを見据ゑる経験でもあつた。

この述懐には、前登志夫の歌の基層にある「時間性」が、村との関係において、おのずと明らかになっているように思われる。村落共同体というのは、人が生まれた瞬間から人に共同的な時間として与えられる世界像であるが、そんな世界にあって、〈自然の中に再び人間を樹てる〉というテーマに拠って立とうとした時、前登志夫は「かけがえのない民俗の内的体験」や「常民としての私の底のもの」として経験された内的な時間意識を生きることになったのである。引用箇所につづいて、「村のなかにあつて産土からの臍の緒をいつたん截切つてみると、なぜか私には、人間の暮しや人間の生死の意味が一層よく見えるやうになり、内部の村への敬虔な感情が、逆に、あらたに湧き出るのをとどめ難いのであった」とその経験の深まりが記されているが、ここでは「村のなかにあって産土からの臍の緒」を切るために、この「共同的な時間」と「内的な時間意識」との差異が、まず、境界として意識されていたことを歌にみておきたい。

充ち足りてなめくぢ移る遅々たり、見えざる村とわれの境を
測量技師われに向ひてこの村はまぼろしの境界《さかひ》測れと迫る

この引用歌にあるような境界の意識が、しかしながら、境界ということばではなく、〈われ〉や〈もの〉の確かな形象として、歌のしらべや気息のなかに息づきはじめるとき、前登志夫の歌の世界はみずみずしいエロス的存在としてその固有の時間性を私たちに見せてくれるようだ。「暗道のわれの歩みにまつはれる蛍ありわれはいかなる河か」の〈われ〉は、「共同的な時間」と「内的な時間意識」との境界線上を歩みながら、みずみずしいいのちとしてあらわれる世界のエロス性をもとめつづけたたましいの叫びとなって、一首のなかをしたたり落ちている。

さて、エロスということばを数回使ってきたが、この論においては、いまのところ、ほとんど一義的にしか用いていない。〈われ〉と〈もの〉とのいのちの交響、つまり世界が「交霊」としてあらわれる現象にしか用いていない。前登志夫の歌にみているこのエロスの意味について、すこし考えておきたい。

プラトンの著作に、数人の登場人物が「恋《エロス》について」演説する『饗宴』がある。真打ち登場と

いうかたちで、最後にソクラテスがそれぞれの登場人物の意見に反論し、「魂のうちの美」をめざすことこそエロスの正しい道であるという、いわゆるプラトニック・ラブを述べるのだが、その登場人物たちのなかで、医者のエリュクシマコスが開陳している考えが、いま問題にしているエロスの意味にもっとも近いように思われる。

……エロスに二種類ありとした彼の分析は、みごとと思う。だが、それは、たんに人々の心に座をしめて美少年を目ざすというだけのものでなく、そのほかの多くのものを目ざしているのである。また、人の心にだけでなくて、いろいろなもののなかにもあるのであり、あらゆる動物の肉体や、大地に生育するもろもろのもののなかに、いや、言うなれば存在するかぎりのものすべてのなかに、あるのである。（鈴木照雄訳）

この時代は少年愛が一般的だったようで、エリュクシマコスのアニミズム的なこの発言は結局無視されるのであるが、このエリュクシマコスの視点からエロスがもうすこし考察されていたら、プラトニック・ラブも違った意味合いをもっていたかもしれないと想像させてくれるところがある。また、『パイドゥロス』には、恋《エロス》は、美に恋いこがれる双方の熱烈な恋《エロス》がひきおこす谺のように反響する「応答の恋《アンテローズ》」である、という視点がすでに述べられている。今まで見てきた「交霊とは、いのちといのちの反響である」という視点に近くはないだろうか。もちろん、前登志夫の歌の基層にあるエロス意識に、ソクラテス＝プラトンのエロス論を単純に当てはめるつもりはないが、エロスということばを無限定に用いているのではないことを、エロスということばの源においてすこし確かめておきたいのである。

III

前登志夫の歌において、「共同的な時間」と「内的な時間意識」との境界線上にあって、みずみずしいいのちとして世界のエロス性を開示するのは、まず樹木であった。『子午線の繭』から樹を詠んだ五首を引く。

かなしみは明るさゆゑにきたりけり一本の樹の翳らひにけり
あなうらゆ翔びたつ雉の黄金《きん》のこゑ夭夭《えうえう》として樹樹は走れる
いくたびか戸口の外に佇つものを樹と呼びてをり犯すことなき
すでに朱の朝の戸口を塞ぎをる誰がししむらぞ青葉翳りて
さはさはと樹になりつらむしかすがに恥ふかき朝腕欠け落つる

ここには、みずみずしいいのちとして存在する樹が詠まれている。世界の明るさに少女のように恥じらい、翳らう樹。翳らいは樹のエロスを告知する。雉の声に驚いてあわてて走りだす「樹樹」は、すでに境界を踏み越えている。戸口の外に佇ち、朝の戸口を塞いでいる樹は、この戸口を境界にした神聖な森の時間を見せて翳らうのである。このような樹のいのちとの交霊がいつもいつもうまくいくとはかぎらない。欲すれば欲するほど、自我を超えられない欠落感に恥をふかめ、苦しむこともあるのである。作者のいのちに反響して、樹は実にみずみずしいいのちの表情を見せている。それは、山河が滅ぶまえに、歌のしらべとして山河のいのちを一首一首にとどめておこうとする作者のエロスの思想が反映されているからかもしれない。歌は、山河が蔵っているいのちとの生命的な出会いである。

私たちはすでに世界のエロス性を主題に小説を書いていた作家をもっている。D・H・ロレンスである。彼は、人々が機械文明におしひしがれつつ、第二次世界大戦に向かって歩みを進めていた一九二〇年代に、反時代の梃子として、男女の性を大胆に描写した小説を書いたために、その小説は猥褻なポルノグラフィとして読まれもしたが、本質的にはロレンスのエロスはアニミズム的ないのちの思想であるといえる。その意味で、ロレンスは、前登志夫のエロスの思想に先行している。無論、前登志夫の思想は、ロレンスの生《エロス》の思想よりもさらに実存の翳りを帯びてはいるが、あるところまでは、その思想の到達点は近似しているように思われる。

ロレンスの代表的な小説が完訳されたのは、まだ二、三年前であるという事実には驚かざるをえないが、完訳『チャタレイ夫人の恋人』(伊藤整訳、伊藤礼補訳)は、「＊」の多い旧版とは違って、ロレンスの生《エロス》の思想を官能的に堪能することができる。前登志夫の樹の歌に関連させて、『チャタレイ夫人の恋人』に描かれた樹の描写をみてみよう。

……彼女はこの生き残った森のあたえる「内面性」、古い樹木の物言わぬ沈黙が好きだった。樹は沈黙の力そのものであり、しかも生命あふれる存在に思われた。彼らもまた待っているのだ。頑冥に、ストイックに待ちながら、沈黙の権威を示していた。たぶん彼らはただ終末のみ

を待っているのだ。切り倒され、切り払われる、彼らにとってのあらゆることの終わりであるべき森の最期を。（第六章）

翌日彼女は森へ出かけた。すべての樹木は音も立てずに芽を開こうとつとめていた。巨大な槲《かしわ》の木の樹液の、ものすごい昂《たか》まり。上へ上へと騰《あが》って芽の先まで届き、そこで血のような赤《しゃく》銅色《どういろ》の、小さな焔かとも思われる若葉となって開こうとする力を、彼女は自分のからだの中に感じた。それは上へ上へと脹《ふく》れあがり、空に拡がる潮《うしお》のようなものだった。（第十章）

樹の沈黙の意味と樹の若葉の意味をとおして、自然の位相においては、どんないのちも同じ価値をもっているという思想が、主人公のチャタレイ夫人コンスタンスのいのちに反響するように描出されている。ロレンスの文学が現代の私たちにまだ薄れぬインパクトをもっているのは、その大胆な性描写になどあるのではなくて、性描写をも含めて自然のもつエロスの諸相が畏怖の念をもって描き出されているからである。ロレンスの思想の核心の部分をもうすこし引く。

……ある美しく晴れた日の午後、コニーが鳥籠のところへ来て見ると、小さな小さな雛鳥《ひなどり》が胸をそらして鳥籠の前のあたりをちょろちょろはねまわっており、雌鳥はびっくりして鳴き立てていた。（中略）しゃがんだままコニーは恍惚《こうこつ》となって見つめた。生命だ、生命だ！　清らかな、輝くような、怖れを知らぬ新しい生命だ。新しい生命！　こんなにも小さく、しかも全く怖れというものをもたない！　母鶏の荒々しい警戒の声に促されて、少し急いでまた籠の口に戻り、雌鶏の羽根の下に入って行くのだが、それはほんとうは恐怖を感じてしたことではなかった。雛鳥はそれを一種の遊戯、生活の遊戯だと思っているのだ。だからまたすぐその小さな尖った頭が雌鶏の金褐色の羽毛のあいだから出てきて、宇宙を覗《のぞ》き見していた。（第十章）

「そうなの？」と彼女は言った。「あなた私を愛している？」彼は答えずに彼女に接吻した。「おまえは帰らなくちゃならない。手伝ってやろう」と彼は言った。彼の手は彼女のからだの曲線をしっかりと、欲望をともなわずに、だが優しく、親しく秘密の場所を辿《たど》りながら撫でた。

黄昏《たそがれ》の中を家へ走り帰る途中、世界は夢のようだった。庭園の木立は膨れ上がって潮の中で錨に引き止められた船のように揺れていた。そして屋敷に向かう斜面の膨みは生きているようであった。（第十二章）

かつて誰がこのようにいのちをみずみずしく表現しただろうか。雌鶏の金褐色の羽毛のあいだから小さな尖った頭を突き出した雛鳥とともに、コンスタンスが見つめているのはいのちの宇宙である。全く怖れというものをもたない新しい生命。コンスタンスの眼差しは、次の歌に見られる前登志夫の眼差しに通じてはいないだろうか。

二三羽の鶏ゐる庭の湧くごときひそけき拍手地面にありき　（『子午線の繭』）

幼児のたたずむ庭に霧しまき蛞蝓《なめくぢ》はただ恍惚とせり　（『靈異記』）

一首目には、鶏のいのちと反響する地の霊がうたわれており、二首目には、幼児のイノセントないのちに見つめられて恍惚としている蛞蝓がうたわれている。原初のいのちを見つめる眼差しにおいてはロレンスに共通しているものがあるが、鶏のいのちに拍手を送っているのは地の霊であり、恍惚としているのは蛞蝓なのである。前登志夫の眼差しには、異界の眼差しも紛れこんでいる。

もうひとつの引用は、小説のちょうど半ば過ぎの「第十二章」の最後のシーンであるが、性をとおして大いなるいのちの宇宙の存在を知ったコンスタンスの足には、斜面の起伏さえいのちの躍動として感知されるのである。しかし、このシーンはロレンスの思想の核心となる部分であるのだから、最後の一文の「そして屋敷に向かう斜面の膨みは生きているようであった」という訳はどうもいただけない。原文では、「and the heave of the slope to the house was alive.」となっているのであるから、「そして屋敷に向かう起伏のある坂は生きていた」と忠実に訳したほうがよい。このように訳したほうが「彼女のからだの曲線」と「坂の起伏」がエロス的に反響してくるということを感じないだろうか。しかし、このシーンの後に続く十三章以降においては、残念なことに、小説はあまりにも「性」の解放といった主題に拘泥しすぎたようで、むしろロレンスの思想の核心からは遠ざかってしまったように思われる。

IV

「起伏のある坂が生きていた」という表現は、ロレンスの思想のひとつの到達点を示すものである考えてよい。前登志夫もまた、「帰郷」という時間性の切っ先を歩んできて、『子午線の繭』を編み終えたときには、このほぼ同じ地点に佇っていたように思われる。その地点とは、世界は人間や生物のいのちだけで成り立っているのではなくて、岩や水や光や闇もいのちをもっており、これらの森羅万象のいのちが渾然と溶け合ったいのちの宇宙である、という思想的な地点のことである。世界のエロス性といっていい。この地点から、『靈異記』の歌ははじまり、深まっていくのである。

水底に赤岩敷ける恋ほしめば丹生川上《にふかはかみ》に注ぎゆく水
ものみなはわれより遠しみなそこに岩炎ゆる見ゆ雪の来るまへ
さくら咲くその花影の水に研ぐ夢やはらかし朝《あした》の斧は
白馬をわれはもたねば罔象女《みづはのめ》しづまる河に額《ぬか》をひたしつ
あしびきの山の泉にしづめたる白桃《しらもも》を守れば人遠みかも
うらわかき檜の山に目瞑《めつむ》りて死者にたはぶるるかくれ泉聴く
みなぎらふひかりの瀧《たぎ》にうたれをるみそぎの死者は梢《うれ》わたるかな
をみなへし石に供ふる、石炎ゆるたむけの神に秋立てるはや

一首目、二首目に詠まれた赤岩は吉野黒瀧村の雫の地にある。一九九四（平成六）年十二月四日、この二首を刻んだ歌碑が建立除幕された。『木々の声』の「赤岩から」に書かれているように、除幕式の樽酒を私もいただいた。「道路から木橋を渡って、対岸の杉山の裾の歌碑に近づき、人々は杉の枡に樽酒を受けて飲む。短い木橋を渡るとき、女人が長く横たわっているような朱の岩群《いわむら》の渓流のひびきを越える」と書かれている岩のことである。

おごそかな式典の間、わたしは恥ずかしさに耐えがたくなり、樽酒を呷《あお》った。あの歌はこの山川の水とともにあとかたもなく流れ行くべきではなかったか。渓流の赤い岩が揺らめき、三十年昔のように何かを語りかけてくるのだ。自然の物の蔵するエロスは、わたしをしばしば昏倒させる。

起伏に富んだ赤い岩のうえを丹生川上社下社に向かって流れてゆく水。自然の蔵する悠久の時間と自分の内部の時間が、赤岩のうえを水しぶきをあげ、せめぎあいながら流れていく。一首目の第三句「恋ほしめば」によって、水は清冽ないのちとして存在する聖なる世界のエロス性をみせながら流れていく。この水と赤岩のいのちが反響するエロス性を見つめながら、私もしたたかに酔った。

二首目、水と岩とのいのちが反響する聖なる世界のエロス性から締め出されて、「恋ほし」むだけのわれのエロス性のなんと貧しいことか。「ものみなはわれより遠し」という緊迫した気息は、断念の深さと希求の激しさを伝えてくる。そうではあるが、雪が降る前のぴんと張りつめた空気のなかで、水と岩との交霊を見せつける赤岩のエロスの炎をじっと見つめているもうひとつのいのちが、「みなそこに」静かに炎えているのも見えるような気がする。

三、四、五首目は、「水のエロス」がしらべにたっぷりと流れているものを選んだ。いずれも「罪打ちゐたれ」一連からの引用になってしまった。三首目の斧は、現実の実用を生きているとともに、「水に研ぐ」という水のいのちと交霊する行為によって、夢の世界と往還させるものの形象となっている。ましてこの水は、さくらという死と再生をイメージさせる花影を映して、花のいのちと反響している水なのである。ひょっとすると、そのさくらの樹のいのちを絶つことになるかもしれない斧の刃の切っ先を、ギリシア神話に登場するエロスの神のあしうらのようにやわらかな水が渡っていくのを見ているような、死と隣り合わせにある清冽なエロスが感じられる一首である。

五首目は、「守れば」というわずかに歌う主体をうかがわせる動詞によって、白桃は山と泉と人のいのちに響き合うみずみずしいいのちのエロスをしたたらす。

急坂を登って汗をかいた（幼稚園児だった―引用者注）娘は、タマワリさんの滝壺で泳ぎたいといった。娘の水着は車の中へ置いてきたので、まるはだかになって娘は水浴びした。……折々は下の滝壺にむかって声をかけた。白桃と真桑瓜にたわむれるようにして、たのしそうにみえた。ふとみると、そんな小さな滝壺の真上に、丸い虹の輪がほんのり懸っていた。上から見ているので、その虹の輪の下に娘が遊んでいる。虹の輪を天蓋《きぬがさ》にして被っているようだった。

この一節は、『森の時間』の「虹」の最後の部分であるが、水のいのちと響き合い、たわむれる、まるはだかの少女の白桃のような尻を見守る父のさみしいエロスは、水のいのちの反響として懸かる虹によってしか荘厳されないのである。

四首目の歌を読むと、前登志夫のこのようなみずみずしいエロスをたたえた時間の切っ先は、水の女神罔象女《みづはのめ》のしずまる神話的世界にまでとどいていることがわかる。生け贄の「白馬」をもたない作者は、このような深々とした時間をたたえた水のいのちを自分の内部に再生させるために、みずからを生け贄としてさしだすという死と隣り合わせにあるエロスが、「額をひたしつ」という結句に余韻を曳いている。

三首目においても、五首目においても、「死と隣り合わせにあるエロス」という表現をしたが、死をエロティシズムと結びつけて考察したのはジョルジュ・バタイユであった。バタイユは、その著書『エロティシズム』を、「エロティシズムについては、それが死にまで至る生の称揚だということができる」という結論的な一文からはじめる。そして、「非連続な存在である私たちにとって、死は存在の連続性をもつものである」と死の本質を明らかにしてゆく。

……精子と卵子は、基本的な状態では非連続の存在であるが、それらがひとつに結びつくことによって、ある連続性が二つのあいだに確立される。つまり、個々別々であった二つの存在が死に、消滅することによって、一つの新しい存在が形成されるのだ。新しい存在はそれ自身では非連続であるが、みずからの中に連続性への過程、二つの別個の存在のそれぞれにとって死であるところの、両者の融合という過程を含んでいるのである。（傍点は原文、澁澤龍彦訳）

このような死の本質を踏まえて、「あらゆるエロティシズムの遂行は、存在の最も深部に意識を失うまで到達せんとすることを目的として」「閉ざされた存在の構造を破壊することを原則としている」とも述べている。

バタイユのこの思想を、三首目の「さくら咲く」の歌にもどってイメージとして把握することにする。個々別々に存在していた「さくら」と「水」が、いま水に映る花影として自然のゆったりとした関係を結んでいる。その水で斧を研ぐという暴力によって、水に映る花影が乱され(「閉ざされた存在の構造が破壊され」)、その花と水と斧のいのちが融合するところに夢というやわらかなエロスがしらべに漂い出す、と敷衍すれば牽強付会にすぎるだろうか。

この三首目の斧のように、現実と夢の境界で、非連続な存在を揺さぶり、あるいは寄り添い、存在の連続性をかいまみせてくれる形象が、前登志夫の歌にしばしば登場する死者たちであろう。日高堯子は「死者は生＝エロスの寓意である」(『山上のコスモロジー』)と述べたが、実に卓見である。六首目の「かくれ泉」がたわぶれている死者も、「ひかりの瀧にうたれて」みそぎをする死者も、みずみずしいエロスをたたえている。これらの死者にほっそりした、清楚な裸体の女神をイメージしてしまうのは、私が男であるからなのだろうか。『森の時間』の「沈められた熊」の一節が私の脳裏に横たわっているからなのだろうか。

崖っぷちに身をのり出して滝壺を見ようとした時、滝壺の水が溢れ出て浅瀬になっている所で、こっそり沐浴をしている全裸の女人がいた。わたしは息がとまりそうになり、しっかりと雑木の幹に腕を巻いていたが、思わずずるずると崖を落ちそうになった。でも、なにか伝説の光景を空想しているようで現実感が稀薄だった。

前登志夫の死者たちは、歌のしらべに乗って、すでにバタイユのしかつめな「エロティシズム」の論を軽やかに越えてしまっているのかもしれない。

八首目の歌については、日高堯子の『山上のコスモロジー』の次の評言を抜きにしては考えられなくなってしまっている。

……この一首を読んだ後、わたしの目に立ち上がる石、それはあたかも宇宙にむかってぬっくりと炎えて立っている、大地の陽根のように感じられるのだ。死者の依代と歌われている石が、性のシンボルとも見えたわたしのこの幻も、前の歌の中に充ちている死者のまなざし、いいかえれば魅入られることの官能と、おそらく無関係ではないとわたしは思っている。

二十年前、私の結婚のはなむけとして、「をみなへし石に供ふる、」の一首を色紙に揮毫した額をいただいた。無論、その額はいまも私の部屋にかかっているが、その色紙には日高堯子が指摘するようなエロスの呪性がこめられていたのだろうか。

9　体験的谷行論

Ⅰ

――ヨオオマイリ
――ヨオオマイリ

坂道を登りながら、何度、この言葉を発し、聞いたことだろうか。大峰山上ヶ嶽へ登る者も、降りる者も、この言葉を掛け合いながら登り降りするのである。登って行くにつれて、ときどきは樹々の根もとで睡っていた蜩が、私の乱れた跫音に目を覚まし、あわてた拍子に一瞬、私に止まり、ん！　という呼吸ですぐに飛び去る。道端の朝露をふくんだ山紫陽花の藍が瑞々しい。

登り始めてから、もうどのくらい経っただろうか。

早朝五時に宇陀のわが家を出発して、洞川の今夜の宿に七時過ぎに着いた。その宿の駐車場に車を止めて歩き出し、「従是女人結界」の道標のところまで来た頃には、もう汗が全身から噴きだしていた。普段の運動不足のたたり。そこから最初の茶店まで喘ぎあえぎ、何度もしたたる顔の汗をぬぐいながら登って来て、その茶店で一息入れた。

そう、この苦しみを味わうために、八月初旬の大峰登拝にやってきたのだ。本を読んだり、机の前で考えているだけではわからない何かを確かめるために。歌集『靈異記』は学生の頃から目にしてきており、エッセイ集『吉野紀行』と合わせ読むことによって、ある程度、その歌の世界をつかむことができたと思ってきた。しかし、読み返す機会があるごとに、秀歌のあいだに混じって置かれている、山の登り道で喘ぐような苦しいしらべを湛えた歌々は、とらえきれない難解さを突きつけつつ、世評に高い秀歌に劣らぬ魅力的な何かの在り処を告げていた。

あしびきの山より出でて棲まはねば樹木の梢《うれ》の思想を欲《ほり》す
木隠《こがく》れのわれの歩みに随《つ》きてくる木がくれの鋭《と》き思想なりにし

「樹木の梢《うれ》の思想」「木がくれの鋭《と》き思想」と詠まれた思想は、「歩み」つつでなければ捉えきれないのではないか。

靴の紐を締めなおして茶店をあとにした。ひたすら登るしかない。山紫陽花にはげまされつつ、お助け水に喉をうるおしながら、喉だけでなく顔を洗い、首筋を拭って、清冽な水のいのちを感じる、それに共鳴する私のなかを流れる水のいのちも。

――サーンゲ、サンゲ、ロッコン、ショージョ

下のほうから声だけが追いかけてくる。行者講の人々の声であろうか。この間延びしたような「サーンゲ、サンゲ」は「懺悔」である。何に対する「懺悔」であるのか。カミという大きな命を求めながらも、蟻や他の小動物や植物の芽を踏みつぶしながら登拝せざるをえないように、私たちのいのちが生きるということそのものがもつ哀しみに対する「懺悔」なのだろうか。「戦後二十数年、わたしを谷行に処したものは、戦後の文明であった。だが厳密にいえば、文明のうち

なるわれが加害者であった。」（傍点は原文）という「谷行の思想」（『山河慟哭』所収）の一節と、歌集『子午線の繭』の数首がふいに意識にのぼってくる。

尾根に立ち遠き山火事を見たり戦後のわれの自虐をみたり
帰り来る悔こそひとり蟷螂《かまきり》も机上の壺も夕暮の燐
いづこにてなす処刑《しおき》ぞと夕暮は砂崩れゆく方《かた》にたづねき
魂の流刑《るけい》と知ればおのづから雄々しき角《つの》に落暉を飾り

「自虐」「悔」「処刑」「流刑」と何度も言葉を換えて詠まれていた『子午線の繭』の歌のしらべの奥には、「文明のうちなる加害者」としての「われ」の、「サーンゲ、サンゲ、六根清浄」という希求の声が響いていたように思われる。

道脇の林立する大峰修行供養碑を見ながら急坂を登ると、鐘掛け岩という表行場の最初の岩場に出る。鎖にすがり、岩にかじりつきながら岩場をのぼると、おのれのいのちのかけがえのない卑小さが実感される。その後では、お亀石という磐坐《いわくら》に自然と掌が合わさる。太いロープを肩に袈裟懸けにかけて西の覗きから身を乗り出したときは、自分の罪深い分身が緑の谷底へ落下していくまぼろしを見た。高所恐怖症がなせる幻視かもしれないが、「懺悔」の本質はより大きないのちに向かって身を投げ出すことにある、ということがおぼろげながら実感されたと言えようか。

このような体験をしてからは、小林幸子がその前登志夫論『子午線の旅人』で指摘していた『靈異記』の構成のことが気になりだしていた。

前登志夫の他の歌集はおおむね制作順にしたがって編年体で編集されているが『靈異記』は例外である。歌集あとがきにはなにも記されていないが、前は制作年度に関係なく『靈異記』を編んでいる。

この箇所をふくむ小林幸子の『靈異記』の構成についての考察を読んでいるとき、歌によって山中曼陀羅を書きとどめるたったひとりの伝承者として、前登志夫は修験道を意識して『靈異記』を編んだのではないかと漠然と思ったものである。『靈異記』巻頭の「ものみなは」の一連には次のような詞書が挟まれている。

小南峠を米投峠と呼ぶのは、通行人にとり憑く悪霊・ひだる神に、米を撒き施餓鬼をして越えるのが習ひとなつたからではないか。私の棲む秋野村と黒瀧村の境の、法者峠を未明に越えて、御獄精進《みたけさうじ》をしたことがある。大峰登拝は民俗の成人儀礼でもあつた。

大峰登拝が成人儀礼であったことは、この詞書に続く「河分《かはわけ》のやしろを過ぎて米投峠《こめなげ》の朝越をせしわが十五歳」の一首によってわかる。しかし、民俗の成人儀礼としての最初の大峰登拝は、十五歳の少年にとっては修験道でいう谷行の仕置きとして意識されたのではなかっただろうか。その意識や時間をくぐるようにして『靈異記』の歌は編まれてゆく。

谷くらく蜩蟬《かなかな》さやぐ、少年の掌《て》にあやめたる黄金《きん》のかなかな
熱のごと真夏の行者絶えぬ日に人越さぬ峠われはもてりき
杉山にわれを襲はむ黄緑のひだる神こそ少年の渦《うづ》毛

「黄金《きん》のかなかな」や「人越さぬ峠」という少年の時間を象徴するモノやトポスを手放して、「ひだる神」という民俗の時間に呑みこまれていく意識は一種の苦しみを伴うものであろう。そして、くらい谷で潮のようないのちをさやぐ蜩蟬《かなかな》や、真夏の峠をいのちを賭して越えてゆく修験者の群や、黄緑のいのちを炎えたたせて迫ってくる杉山の存在への覚醒は、また、この苦しみを経てきたところから得られるものだったのである。

御嶽精進は、これ以後も何度も行われたようである。一九五四（昭和二十九）年には、前川佐美雄、佐重郎親子を案内して山上ヶ嶽に登っている（『山河慟哭』、「方術師の飛行」）。そのほぼ三十年後の一九八二（昭和五十七）年には、息子二人に大峰山上ヶ嶽の戸開け式を見せるために、真夜中の登拝をしている（エッセイ集『吉野日記』、「大峯山上ヶ嶽戸開け式」）。また、『子午線の繭』が上梓され、長男が誕生した翌年の一九六五（昭和四十）年にも、『吉野紀行』の執筆取材も兼ねて登拝されたのではないかということが、前登志夫が古風な詩とよぶ「朝越」という詩からうかがえる。

あさこえる朝の檜《ひ》の山
しはぶきて祖《おや》らかよひし

いなきてたてがみにほふ
杉山の杉の木の間を斧かつぎ荒ぶる鬼はすぎたるか
いくたびか夜《よ》の山は鳴り
朝こそは旅ゆくこころ
春いまだ浅葱《あさぎ》の空にのみ流れ雪のこる山の木原や
幻のはや身に重たしと、一俵の米おろし憩へるごとく
鳥の声たちまち空に花火なし
青透ける木の間の道にこぼるる塩
悔もちてひとは過ぎにき
暮しもちひとはかよひき
しづかなる二月の朝の山越える父われに諸声《もろごゑ》なして
春立たむ走井の水
樹のなかを人のかよへる何ぞかなしき。
断ける朝のたてがみ梢をわたり
わがための柩にせむと植ゑし檜よ
死を熟れて此処に匂へ

雑誌「無名鬼」三号（一九六五〔昭和四十〕年七月発行）に発表されたこの詩を引いて、日高堯子は、「現在の暮らしの時間と空間が、幾世代もまえの祖先のものと二重写しになっているとい

うような、どことも知れぬ奥深い時空が作者の存在の時空として濃く流れているのが感じられる」と考察し、「「死を熟れて此処に匂へ」という生死の見えわたる時空を自身の存在の場としたときの」「清冽な生のかなしみとして」の「決意と断念」を読みとっている（『山上のコスモロジー』）。

少し蛇足をくわえれば、この「決意と断念」には、「しづかなる二月の朝の山越える父われ」の歩みとともに、静かな再生の予感が響いているように思われる。「春立たむ走井の水」や「断ける朝のたてがみ梢をわたり」というきさらぎの光を曳く詩句は、私たちが御嶽精進に願うような再生への希求を照らしながら、「柩」や「死」という言葉さえ明るませている。暮らしのたてがみに朝越の静かな希求を匂わせる父われの歩みは、この詩のひかりを曳く『靈異記』の歌々を呼び込んでやまない。

朝越《あさごえ》のわれをいざなふ鳥なれば浅葱《あさぎ》の空につばさは鳴るも
むらがれる氷の花のしたをゆく走井の水よ生きむとぞ言ふ
われの日の柩にせむと春植ゑし待たれつつ生ふる檜なりにし
樹のなかを人のかよへる黙《もだ》ふかしおそろしきはじめ樹樹は耀《かがよ》ふ
樹のなかを人はかよひきその貌のひとつだになき静けさを来つ

II

十一時半頃に山上本堂に着いた。正面にまつられている蔵王権現像に掌を合わせてから、お花畑で昼食を摂った。『吉野日記』の「大峯山上ヶ嶽戸開け式」というエッセイに抽かれていた、斎藤茂吉のお花畑を詠んだ歌が泛かんでくる。

山の上のお花ばたけの小草等《をぐさら》はさ霧に濡れて傾かむとす
ほととぎすわが目のまへを飛びて鳴くさ霧にくらむ花原《はなはら》のうへ
（『白桃』）

お花畑を吹きすぎてくる風のように爽やかな嘱目詠である。疲れた躰にはこのような平明なしらべが心地よい。昼食後、木陰に仰向けに寝て目をつぶり、風の音を聞きながら流れる雲の気配を感じていた。帰りは、登って来た道ではなく、稲村岳に出る道を辿って帰ろうと思いながら。しかし、お花畑から稲村岳に出て洞川へ帰るには、思った以上に険しい急坂を下らなければならなかった。いくつもの木の梯子や垂直の鉄の梯子が架けられていて、それにかじりつくように降りたのである。「山林抖擻《とそう》」という言葉がしきりに思われた。

五来重はこの抖擻行に修験道の本質を見ている（『新版「山の宗教」修験道』）。

しかし何といっても修験道の本質は山岳を跋渉《ばつしよう》する決死の抖擻《とそう》行である。一般常識と道徳の世界では生命に関するかぎり、絶対安全でなければならないのに、宗教では死との対決が要求される。それも発達した宗教、文明的宗教では死は観念化されるのにたいして修験道のような野性の宗教では、山岳抖擻で死の危険をおかさなければならない。そして死なないまでも死にかかわる肉体的苦痛で、それまでにおかした罪と穢をあがない滅ぼすのである。

『霊異記』巻頭の「ものみなは」に続く、次の一連は、この死の危険を賭す行《ぎょう》であるといわれる「山林抖擻」と題されている。しかし、「山林抖擻」という語句を含む歌は一首もない。さすれば、「山林抖擻」と題された十首の歌の基層には、五来重が言うような「山岳抖擻」という苦しい行道の発想があるということであろうか。

木斛《もっこく》の冬の葉むらに身を隠れわが縄文の泪垂り来る
暁の雪ふる闇に梵鐘のきこゆる豪奢。一期《いちご》は昏し
艶めきて椿の谷を冬わたるこの負債者に沼凍るなり
崖したの竹藪に小石抛げにつつ冴えわたるこゑを幼く知りき
竹群ゆ押しくる冬の夕靄に少年の性は黄緑の繭
竹藪の中に太れる玄圃梨《けんぽなし》その実を呉れし兄女犯をなさず
夜となりて雪来たるべしうつし身は竹群の上に笙《しゃう》のごとくゐる
寒靄の檜原羞《やさ》しみ枯枝を言葉にもちて道塞《さ》へ置かむ
この父が鬼にかへらむ峠まで落暉《らっき》の坂を背負はれてゆけ
思ひきり恥ぢむとしけりけだものの尾はゆるゆると目交を過ぐ

一首目から三首目までの歌は、「山林抖擻」として意識されている山住みの暮らしがかすかにうかがえるが、歌われているのは、その「意識の奥ふかい反響として存在するもの」であろう。

一首目第三句の「身を隠れ」という表現は、その反響を言語的に体験させる。「身を隠し」であれば、下の句の「わが縄文の泪垂り来る」は主体が前に出過ぎて気負いばかりが目立つだろうが、「身を隠れ」という表現によって、作者が隠れ、木斛の冬の葉むらとともに息づくはるかな時間やモノの気配のほうが濃くなってくる。このはるかな時間やモノの気配を言語的に体験する苦行こそ、前登志夫が「山林抖擻」として意識したものであろう。「縄文の泪」は木斛の葉とモノの気配と前登志夫の魂との交感である、と小林幸子が読んでいた(『子午線の旅人』)ことに異論はないが、そのような交感としてある「山林抖擻」の意識を言語的に潜りぬけたときに言語的なしたたりとして再生した歌、それこそ「縄文の泪」と把握されたものではないだろうか。『靈異記』第二部の「谷行」の中にある一首、「行者還岳産《ぎやうじやがへり》のこの木斛《もつこく》を愛《かな》しみて幹によりそひわれは見上ぐる」と合わせて読めば、この木斛の冬の葉むらには修験道の行者の山林抖擻の苦しみさえ響いているかもしれない。

二首目は、山住みの暮らしを自己の存在の根拠としてつかみつつあるという自負と寂寥を、「暁の雪ふる闇」に鳴る「梵鐘」の音の中に聴いている豪奢。この豪奢にも分厚い時間の寂寥が感じられる。鐘が鳴りやめば、また山林抖擻のような苦しい一日がはじまる。三首目、現実にも負債をかかえていたかもしれないが、「負債者」というのは、「意識の奥ふかい反響として存在するもの」を言語的につかみきれずに苦しんでいる山林抖擻行者のような作者の比喩である。これも結句の「沼凍るなり」に山林抖擻の厳しさを響かせている。しかしながら、一首目のつやつやと緑のひかりを返す木斛といい、二首目の暁の雪ふる闇といい、三首目の艶めく椿の谷や凍る沼といい、三首ともどこか抖擻行の苦しみの向こうに見える再生のひかりを秘めた明るさが感じられる。

四首目から七首目までの四首は、家の崖の下の方にある「竹藪」、あるいは「竹群」が、その内面ふかくに蔵っている分厚い時間を潜りぬける抖擻行のように紡がれている。時間の抖擻行者。

四首目、抛げた小石が竹藪の一本の竹に当たったたとき、カーンと冴えた音がする。その冴えた竹の悲鳴はまだ幼い少年の漠然としたさみしさに共鳴する。生きる苦しさは幼いからといって免れることができるわけではない。五首目、性に目覚めた少年の苦しみ。生命の発露としての性の意識は、竹群から押しのぼってくる冬の夕靄のように、内部から少年を苦しめる。少年は、この意識をどこに向けたらよいかわからず、ヤママユの黄緑の繭のように苦しみの繭の中にこもったままである。六首目、竹藪に自生する玄圃梨を取って呉れた兄。その兄はビルマで戦死した。「ここ過ぎていくさに征きしわが兄の大き頭に弾あたりしか」と詠まれている、女犯をなさずに死んだ兄のすがしさとくやしみ。その兄という過去から照射される時間を潜りぬける苦しみ。七首目は、竹群に現在の自分を見つめている。竹群のざわめきに雪の気配を感じているうつし身。笙は苦しみながら言葉を奏でようとしている作者の比喩である。そして笙は竹群と縁語のように響き合っている。まだ美しい音色を奏でているようには思われないが。

八首目から十首目までの三首も、それぞれ、「自然の中に再び人間を樹てる」というテーマに向かって行われる「山林抖擻」の苦しみを曳いている。

八首目、寒靄がつつむ檜原には作者の植えた檜も混ざっているだろう。その風景が蔵っているやさしい時間を守るために、いまは枯枝のような言葉しかないが、その言葉に呪言をこめて荒ぶるモノ（＝戦後の文明）が来る道を塞いでおこうというのであろうか。九首目、田島邦彦が言うように、「鬼は作者のなかに縄文、山霊、非在の暗喩として深層にあるテーマ」であろう（『前登志夫の歌』）。夕陽のあたる坂道を子供を背負って歩いていた父親としての日常から、日が落ちた峠の向こうの暗く奥ふかい言語の山中を抖擻する歌の鬼の世界に入っていく。前登志夫の「山林抖擻」は真夜中の行である。十首目、このように「山林抖擻」に苦しんでいると、その道をゆるといのちそのもののすこやかさの尾をもって横切るけだものがいる。文明のうちなる加害者である「われ」の意識の尾を棄てきれない恥ずかしさが、けだものの尾とともに一首に揺らいでいる。「思ひきり恥ぢむとしけり」という二句切れに、抖擻行で流した汗を拭ったあとのような爽やかさがある。

このように見てくると、この一連の発想の基層には、修験道の「山林抖擻」の行道のように、意識や感情という奥ふかい山林あるいは言葉の山岳を抖擻する苦しみが横たわっているように思われる。歌集第一部の表題になっている「罪打ちゐたれ」こそ、文明のうちなる加害者である「われ」に向けた呪言であり、「山林抖擻」を促させる感情のみなもとであるとも思えてくる。

稲村岳の登頂口にある茶店のところまで来たが、もう稲村岳へ登る気力は残っていなかった。洞川の宿に向かうことにした。杉、檜が整然と植林され、風景が全く変化しないなだらかな坂を時間感覚を失いながら下っていると、眠気とひだる神に襲われてくる。人間の手の入った風景の内側のなんと退屈なこと。

ふと気がつくと、蠅が群がって飛び交っているところにさしかかった。何だろうと草むらをのぞくと、脳がむきだしになるほど頭に傷を負った鼠に、何十匹という蠅が群がって我先にと卵を産みつけているのであった。鼠はすでに方向感覚を失っているのか、同じところをくるくる回るばかりである。聖なる山の生と死の現実は、文明のうちなる加害者であり被害者でもある私自身の現実を告げていた。蠅も鼠も私であった。

III

ある夏は、木曾御嶽山に登拝した。台風が接近してきており、御嶽山は雲にとざされていた。はるばる来たのだからと、七時には王滝口の宿を出て、とにかく車で七合目の田之原山荘の駐車場に向かった。霧は出ていたが、雨は降っていなかったので登拝することにした。簡易な合羽と傘、それに昼食のおむすびがリュックに入っていることを確認して。四時間ぐらいで山頂剣ヶ峰に立つことができると聞いている。駐車してある車の数から見ると、登拝者は少ないようだ。

灌木の生えたなだらかな道を行くと遥拝所がある。そこを過ぎたあたりから、だんだんと急な登り坂となる。もう降りてきた兜巾篠懸の白装束の修験者の一行と出会う。修験の霊山であることが実感される。突然、視野がひらけ、ごつごつした岩がころがったり横たわったりしている登り坂となる。あたり一面這松《はいまつ》しか生えていないので風の強さをもろに受ける。飛ばされないように帽子はリュックにしまう。霧雨で岩や石が濡れていて滑る。登山靴の靴底は濡れた岩に弱い。

岩だけに意識を集中して喘ぎあえぎ登った。道からそれて腰をおろし一息つくと、あたりはもう霧がつつむ土と岩だけの荒涼とした風景になっていた。体調をくずしたのか、悪寒がする。脂汗がにじんでくる。岩に気を取られて登ってきたためか、足の疲労がはげしい。さらに悪いことには冷たい雨が落ちてきた。風が強く、簡易な合羽と傘は何の役にも立たない。濡れネズミである。吹きつける雨にうたれて眼鏡がくもり、霧がつつむ白い風景さえも見えない。グループの他の者に先に行ってくれるように頼みながら、謡曲『谷行』の松若少年に思いをはせていた。

　峰入り行の道中で病気になったため、松若少年は、帥阿闍梨《そつのあじやり》から「この道《みち》に出《い》でてかやうに違《ゐ》例《れい》する者《もの》をば。谷行《たにかう》とて忽《たちま》ち命《いのち》を失《うしの》ふ事《こと》。これ昔《むかし》よりの大法《たいはう》なり。」と言い渡され、「仰《おほ》せ承《うけたまは》り候。」と、「嶮《けは》しき谷《たに》に陥《おとしい》れ。上《うへ》に被《おほ》ふや石瓦《いしかはら》。雨塊《あめつちくれ》を動《うご》かせる。」谷行の処刑につくのである（『謡曲大観』）。この石子詰の処刑は残酷だと思っていたが、体調をくずして歩く気力をなくしたときには、私も甘んじて石子詰の処刑を受ける覚悟ができていたように思われる。共倒れするよりは、「集団から離脱した個の運命」（「谷行の思想」）、つまり『遠野物語』のデンデラ野のような姥棄伝説を受け容れる素地を私たちはもっているのではなかろうか。

　前登志夫は、戦後の文明のまっただなかで「山中にみずからを閉じこめなければならなかった」生き方の問題として、そして「自然の中に人間を樹てる」という文学の問題として、「谷行」を引き受けようとした。謡曲『谷行』の松若少年の蘇生譚に現代における抒情詩の運命を賭けたのである。

　ところが、もっぱら被害者としての立場のみではなく、意思的にわたし自身を谷行にせざるをえなかった加害者としての意識も、またわたしの主体にかかわるものであった。わたしにとって、谷行が切実なのは、石子詰の仕置から再生する、生と死の霊異なのである。

（「谷行の思想」）

この「谷行の思想」の他のところで、「あの白衣・兜巾の異装の集団が聖なる山に入る論理は、日常の生を断つことにほかならないのであり、生を断つことによって大いなる生命としての再生を冀う秘儀である」と言っているように、前登志夫は「難行捨身の道」としての石子詰の仕置を覚悟した「山林抖擻」に思想の根拠を置いたのである。

「谷行の思想」にはまた、西行が大峰七十五靡の峰入りをしたときに詠んだ月の歌が二首引かれている。

大峰の深仙《しんせん》と申す所にて月を見て詠みける

深き山にすみける月を見ざりせば思ひ出もなきわが身ならまし

月すめば谷にぞ雲はしづむめる峰ふきはらふ風にしかれて

これらの歌を前登志夫は、「おのれの無明を澄み浄める対象としての真如の月であり、苦しい山林抖擻《とそう》によってそうした月に出逢うことができた」と西行にかなり思い入れをこめて読んでいる。しかし、西行と同じように言葉の山林を抖擻する行者としての前登志夫は、同じ一連の次の西行の歌の発想にむしろ近いものをもっているのではないだろうか。

三重《みかさね》の滝を拝《をが》みけるに、ことに尊くおぼえて、三業《さんごふ》の罪も
すすがるる心地しければ

身に積もる言葉の罪も洗はれて心澄みぬるみかさねのたき

『靈異記』には、言葉の修験者としての前登志夫が歌集の中を早駆けしているのが見られる。

雉翔べば炎ゆる木の間やかがよひて山林抖擻《とそう》われは思はむ
吉野から熊野にむかふ修験者《しゆげんじや》の尾根づたふ道くらく思ほゆ
前鬼後鬼《ぜんきごき》いづこにをるぞもとほればわれの越ゆべき空間と知れ
鈴つけて山道を行く鳴り出づるひそけき環《わ》にて死者とへだたる
奥山に大山蓮華咲く夜も夢浅かりき二人子の辺《へ》に
山巓の盤石《いは》とよもして怒りける蔵王権現われは恋ほしむ
ひたぶるに山行く業《わざ》を苦しめるかの宗教の有情《うじやう》きこゆる

四首目は、エッセイ集全体の題ともなっている、エッセイ「存在の秋」の冒頭部分がその自歌自注になっている。

山に棲んでいると、秋は、じぶんがけものに近くみえる日があるものだ。そして死者たちとのへだたりがだんだんなくなってくる。山を歩くとき、わたしはよく腰に鈴をつける。歩くたびにりんりんと鳴る。それはかすかな音響の環《わ》である。樹下に憩うとその音はなくなる。不意にけものに出会うことがこわいために鈴をつけるのだが、秋の山では不思議に心を落着かせてくれる。あまり静かだと、ぐーんと樹の中へひきずりこまれてしまいそうになる。かれんな音響の砦である。

孤独な言葉の山林抖擻をつづける日々においては、生と死の霊異からうたい出される歌はかれんな鈴の音の役割を果たしていたのだろう。

五首目の「大山蓮華」は、『縄文紀』では、「あかときの短き夢《いめ》に咲きてゐし大山蓮華《おほやまれんげ》時間のごとし」と詠まれ、『樹下集』では、「山霧のいくたび湧きてかくるらむ大山蓮華《おほやまれんげ》夢にひらけり」と詠み継がれていく白い花であるが、大峰奥駆けの山中に咲く大山蓮華の群落は、修験者の苦しみをその芳香につつみこみ、一瞬、曼陀羅の意味を開示してくれたのかと思わせるほどみずみずしい光景だという。

一度、五條市に住む知人に大山蓮華の一枝をもらったことがある。職場の冷蔵庫に入れて帰りまで保存し、その夜は冷水を何度も取り替えて芳香を楽しんだ。しかし、翌朝には、無惨にも、うっすらと朱をふくんだ清楚な白い花びらは、鉄錆色に変色していたのである。目の奥にざらっとした鉄錆色の罪の意識が焼きついた。

六首目の歌は忘れられない。『靈異記』が上梓されたもう三十年近く前、よく蔵王堂宿坊の東南院で前登志夫を囲んで歌会をした。少人数の村塾《むらじゆく》のような集まりで、前登志夫も出詠しており、自分の歌が批評されるのを楽しんでいた。歌会のあとは必ず酒宴となった。そのため歌会の内容はほとんど憶えていないが、歌会をした部屋の掛軸には、前登志夫が揮毫したこの歌が墨書されていた。疲れて詠草から顔をあげると、前登志夫の頭越しにこの歌が目に飛びこんでくるのであった。コスミックダンスをしながら宇宙の胎動を促すような蔵王権現の姿が、この一首を読むといまでも髣髴としてくる。『吉野紀行』には蔵王権現が修験道の理念を体現した姿として描かれている。

右手に三鈷杵《さんこしょ》を持って頭上にふりかざし、天界の悪魔にいどみ、左手の指の刀印はすべての情欲や迷いを切りはらう構えである。左足は磐石《ばんじやく》をふまえて地下の悪霊を払い、右足を大きく上げて虚空《こくう》に充満する悪魔を調伏《ちようぶく》せしめんとしているのだ。(中略) きわめておそろしい形相をしており、意志的である。悪魔は、人間の心の中にこそ棲《す》んでいるのである。それを調伏しようとする修行こそ、修験道の理念であった。「行者《ぎようじや》」とは、もともと人間の魔性との格闘者にほかならない。

しかし三首目の役行者の気息を踏まえて詠み出された「われの越ゆべき空間」や、七首目に「ひたぶるに山行く業《わざ》を苦しめるかの宗教の有情《うじやう》」と詠まれた「山林抖擻」の意識の基層は、もっとふかいところにまで届いているかもしれない。『靈異記』の次の三首に見られる「おほなむち」に呼びかけるような空間や意識である。

おほなむちわがひたごころもちゆけば峻《さか》しき岩に人は舞ひけり
郁子《むべ》の実をとりて越ゆれば大汝《おほなむち》河の上にぞ橋をわたせる
おほなむち。昼の沖より来る舟は弱者の泪一粒を積め

「おほなむち」が大国主神になるためには八十神《やそかみ》の迫害や須佐之男命の試練を克服しなければならなかった。八十神の迫害をうけて、赤猪《あかい》のように焼けた石に焼き殺されたり、大樹《おおき》の割れ目にはさまれて殺されたりしたが、御祖《みおや》の命に助けられて蘇生する。また須佐之男命の根の国では、蛇や呉公《むかで》・蜂の室《むろや》に入れられたり、鳴鏑《なりかぶら》の矢を採りに入った大野に火を放たれるという苦難にあったのち、根の国から大国主神となって蘇る。「おほなむち」こそ最初の「山林抖擻」者ではなかったか。この物語には、もちろん、死と復活の成人儀礼《イニシエーション》が踏まえられているのであるが、このような根源的な時間を生きるまなざしを、前登志夫は「山林抖擻」の意識の基層に揺曳させているように思われる。

　仲間の防寒具を借りて、しばらく休憩していると、気分が少し回復してきた。とにかく御嶽神社頂上奥社まで自分のペースで登ることになった。最も体力のある仲間の一人が私の後につくことにして。眼鏡をうつ雨とあたりをつつむ霧で十メートル先も見えない瓦礫の道。何度も立ち止まり、立ち止まっては、また登った。三千メートルを越える雨の山はほんとうに夏でも寒い。

　やっと御嶽神社頂上奥社に着き、御札をもらってから石段下の山小屋に入ると、ストーブに火が入っていた。謡曲『谷行』の松若少年を蘇生させた役行者の慈悲のような火だ。着替えた衣服をストーブにかざしておくと、もうもうと湯気が立ってきた。遅い昼食となったが、塩辛いおむすびがおいしかった。

　一時間ほど休憩をしてから生乾きの衣服を身につけ、いくら待っていてもやみそうにない雨の山道を下った。「夏でーもさーむい、ヨイヨイヨイ」という幻聴を聴きながら、氷雨の伊吹山を下る倭建命が祖父のようになつかしく思い出された。

IV

少女は、左足を鎖から離し、さらに上の鎖の輪のなかに差し入れようとした。雨上がりで鎖が濡《ぬ》れており、右手がすべって、からだが落ちた。

とっさに左手に力を込めた。左肩から腰に衝撃が走った。右足も鎖から外れそうになり、力を入れると、逆に蹴《け》り出し、不安定に揺れた。

鎖が揺り戻され、岩盤に半身をぶつけた。右手で、飛び出した岩の先端をつかみ、どうにか安定を得た。

鎖に唇を押しつけ、息をつく。口のなかに鉄錆の味が広がった。

引用したのは、天童荒太の小説『永遠の仔』の冒頭、主人公の一人、十二歳の少女、久坂優希が〈永遠の救い〉を求めて、石鎚山の三の鎖を攀《のぼ》っていくシーン。石鎚山を思えば、いつもこのシーンが思い出される。

石鎚山に登拝したときも、降ったりやんだりのあいにくの雨模様であった。幸い二の鎖、三の鎖という鎖禅定の崖を攀るときには雨がやんでいた、鎖に雨滴はついていたが。二の鎖を攀ってきて見上げる、太い鉄の鎖がぶらさがった垂直の岩の崖が三の鎖場であった。高所恐怖症であるため、側道を迂回して頂上に出ることも頭をかすめたが、鎖禅定という言葉に曳かれるように鉄の鎖に手をかけていた。

鉄の輪に登山靴を入れながらしばらく攀ると、金縛りの状態になり、ひと足も進めなくなった。降りることもできない。太い鉄の鎖が風で揺れているように思える。冷汗と脂汗が同時ににじんでくる。ますます手に力を込めて鎖を握る。崖の上の曇天を見上げて喘いだ。

「肩の力をぬいて」という声がどこからか聞こえた。岩がささやいたように思った。それとも風であったか、空であったか。女の声であったようにも思えるし、崖下で心配そうに見上げている仲間の声であったのかもしれない。ともかく肩の力をぬき、大きく深呼吸をした。よほどきつく鎖をつかんでいたのか、思うように開かない手で鎖をつかみなおし、次の鉄の輪の中に足場を固めた。岩が安堵の吐息をつくのを聞いた。頭の中には曇り空が広がり、私は風に励まされながら、私という岩の崖をゆっくりと攀っていった。無心に攀っているとき、私は風であり、岩であった。岩を風を空を拝みながら攀っていた。

登り切ったところが頂上で、コンクリート造りの小さな祠があり、三体の神像が納められていた。掌を合わし、土産物屋を兼ねた山小屋へ入ったとき、篠突く雨が降ってきた。昼食を摂りながら、あの声のことを考えていた。仲間の一人は絶えず声をかけていてくれたらしいので、「肩の力をぬいて」も言ったかもしれないと言う。しかし耳もとで聞こえたのである。死を思ったとき、ささやいたのは私自身のいのちであったかもしれない。

前登志夫のエッセイ集『明るき寂寥』の「歌の思想（一）」に書かれていた、小学校三年生の長男が神隠しに逢ったときかいだ山ざくらのにおいのことを思い出していた。

だが、四月六日にこのさくらがもう咲いていたかどうか。おそらく咲いていなかったと思ったがわたしはだまっていた。咲いていたかどうかよりも、童子の想像的な感覚の方がはるかに重みがあったからである。それは乳の匂いの幻覚であったかもしれぬ。山の中の恐怖のどん底で泣き叫んで、確実にその瞬間一つの乳離れを体験したのであろうか。山林に抖擻《とそう》した吉野熊野の修験者たちが、なぜさくらを愛したのであろう。けものと人間の境界、聖と俗のさかい、見えない世界と見える世界を区切る線などに、古人はさくらを植えたのではないか。

童子には自分のいのちの匂いとして山ざくらはあまく匂ったのである。「生の流れの奥ふかいところに在るいのちの感覚」を樹や岩のことばとして聴く、前登志夫のアニミズムの位相がここにも鮮やかに語られている。前登志夫のアニミズムは、山林抖擻といういのちの行《ぎよう》をくぐりぬけた修験者たちが植えたさくらのように、畏怖するいのちのおののきやきらめきとして世界にそよぎ出したのである。

その長男と次男を連れて、一九八二（昭和五十七）年五月三日未明に大峰山上ヶ嶽の戸開け式に登拝したときの歌「山上の闇」が、『樹下集』にある。

まつくらな山上の道のぼりゆかば太虚《おほぞら》の底つね明るむや
いづこにも女人《によにん》の声のとどかざるきりぎしつたふうつしみ重し
行者らの鈴音嶺《みね》に遠退《ぞ》けばしりへの谷にまたきこえくる
谷行《たにかう》の掟を知らず登り来し少年二人父を捨て行く
よみがへりよみがへり来《こ》し人間のいのちを思へ山上の闇

「山上の闇」の九首のうちの五首を抽いただけだが、平明ななかにも、未明の山上の道の光景、女人結界の山の行場や行者の鈴音、少年と父の様子、谷行といのちなどが過不足なく詠まれていて、確かな臨場感が伝わってくる。このときのことが書かれている『吉野日記』のエッセイには、鍵渡しの秘儀を見たあと、「修験道のさまざまなおこないは、アニミズムに立脚した死と再生の秘儀であるように、わたしにはみえる」という感想が述べられているが、前登志夫の言うアニミズムには、「谷行」という「難行捨身の道」が思想の核としてあることは忘れてはならない。アニミズムはたんなる歌の意匠ではない。「よみがへりよみがへり来《こ》し人間のいのちを思へ」と歌いだされる歌の基層である。

その十年前の一九七二（昭和四十七）年に書かれた「野をなつかしむ」（『存在の秋』）というエッセイにも、大峰山上ヶ嶽の戸開け式のことが書かれている。

午前三時、千七百メートルの山頂の暁闇をついて、本堂の三つの鍵をもった人馬はいり乱れ、かけ声と読経と篝火は異様な光景を展開する。法螺貝は暗い雲海にこだまして、原初の黎明を呼び、読経や錫杖や三鈷のひびき、あるいは大護摩のけむりは、山を行く者の祈りのはげしさをつたえる。人間がその日常をはなれ、苦しんで山を登りつめたのちに見ることができる幻想界の曼陀羅を思わせる。

この「幻想界の曼陀羅」という空間的にも時間的にも大きないのちとして存在するものの在り

処を踏まえながら、自然の個々のいのちのきらめきを畏怖するのが、前登志夫のアニミズムの構図である。先の引用部分につづけて次のように書く。

そうした領域をのぞかせるのは、木かげにくるくる絮毛を頭に巻いて、しずかに立っている薇であったり、渓流のしぶきを絶えずあびせられてうずくまっている岩であったり、尾根道に赤く立ち枯れている杉の木であったりする。自然に存在するものたちに出会い、わたしたちの日常を超えた時間に触れる瞬間に、そうしたみえないものへの覚醒があるというべきか。

修験道の験《げん》というのは、絮毛を頭に巻いた薇や渓流のしぶきを絶えずあびてうずくまっている岩や、赤く立ち枯れている杉の木のいのちを繰り返しくりかえし拝む行《ぎょう》によって修められるものではないのだろうか。前登志夫の歌は、このような自然に存在するものたちを、言葉によって繰り返しくりかえし拝むように詠まれている。同じ素材が何度も詠まれるのは、モノそのものである言葉が蔵っていた根源的な時間が、いつも新たないのちの相として立ち顕れてくるためであろう。

このように具体的なものによって思索されてきた歌の思想は、『明るき寂寥』の「歌の思想(五)」では、次のように一気に抽象される。

わたしたちのいのちが、世界の全体を感受するから、日常の事物は異次元の眼差につらぬかれ、きらめき立ち上がるのであり、みずからの内部に永遠なものを覗かせるのであろう。

このようないのちの思想を満たす器としての短歌という詩型を確信したとき、『靈異記』の次の一首がおのずとつぶやかれたのであろう。

かりがねは澄みてわたりぬ二十年《はたとせ》のわが谷行《たにかう》の終りを告ぐる

「わが谷行」というのは、言葉の山林を抖擻してきた前登志夫の「難行捨身の道」のことである。二十年にわたる山林抖擻といういのちの行《ぎょう》を終えることを、いのちを羽ばたき渡ってきた雁に告げている。これは前登志夫のアニミズムが始まる宣言でもある。世界のまっただ中にいのちそのものとなって溶け込み、いのちを畏怖する切っ先から詠み出されていく歌。現代文明の生け贄としての視座をもちつつ、みずみずしいエロスをただよわせる歌。いのちという根源的な時間を大峰山系の尾根のように蒼く脈打たせながら詠み継がれていく歌。

山小屋から出ると雨はほとんどやんでいた。しかし、視界はまったく閉ざされている。自分の立っている岩場しか見えない。白い奈落。迂回路を通って下山することにした。足もとだけを見つめて、もくもくと歩く。

風が吹いて霧がうすれると、はっとするほど鮮やかな、雨に濡れた木々の葉があらわれる。みどりの色調の無限といっていい多様性に圧倒される。山毛欅の幹についた苔のみどりにもさまざまな色合いがあり、霧に洗われた葉の一枚いちまいがいのちの雫をしたたらせている。原初のみずみずしさをたたえた光景であるが、何度か見たことがあるようにも思われた。真っ白い霧につつまれているような母の胎内で見たのだろうか。
沢の水にひたしたタオルをしぼって顔をぬぐうと、『樹下集』の歌が恩寵のように次からつぎへと湧きあがってきた。山毛欅の梢を仰ぎながら、私は歌の樹液を噴く樹でありたいと思った。

在るもののなべてはわれとおもふ日や泪ぐましも春のやまなみ
銀河系そらのまほらを堕ちつづく夏の雫とわれはなりてむ
凍《い》て星のひとつを食べてねむるべし死者よりほかに見張る者なし

10 「われ」への祈り

Ⅰ 翁のトポロジー

水無月の金曜日の夜。疲労困憊しているが、どこかほっとして雨の音を聴いている。職場にコンピュータが導入されてから余計に時間に追われているような気がする。現代という時代の急流に呑み込まれ、あらがうべくもなくどこかへ流されて行こうとしている。時代が大きな跫音をたてて進んでいくとき、なんと個人の無力なこと。この無力感がストレスになり、疲労として蓄積されるのだろう。疲れすぎてなかなか寝つけないでいると、前登志夫の第七歌集『流轉』の次の一首が泛かんでくることがある。

教師ゆゑはたらき疲れ星を観ぬ暮しとなりし青年あはれ

これは教師である長《をさ》の子を詠んだ一首。結句に父親の情が出過ぎていて決してすぐれた一首とは言えないかもしれないが、現代という時代の急流に呑み込まれて働く青年の「あはれ」を見つめる父親の眼差しは、「教師ゆゑはたらき疲れ」歌を詠まぬ暮しを強いられている私のこころにも沁みる。近くの公園で啼く梟の声が湿り気を帯びて聞こえてきた。

休日の朝といえども早く目が覚める。窓を開けると、ほととぎすがしきりに啼いている。自らの存在自体を問いかけるように啼くほととぎすの声は、私の声のようでせつない。まもなく向こうの青嶺から郭公の声も響き出すだろう。やまなみの蒼き胸から響き出る原初の声。歌集『流轉』を読んでいるときに感じるのは、このふかぶかとした時間の在り処だと思う。歌集『流轉』に詠みとられた郭公の歌四首を抽く。

郭公が来啼けば近き山脈《やまなみ》もすこし無頼に青濃く曳かむ
くわくこうのこゑにまじりてほととぎす鳴きやまぬ日のふるづまに触る
黎明にくわくこう鳴けりみなづきのやみ蒼く脱ぐ尾根のふくらみ
くわくこうの声とどまれよ万緑の野に夕映ゆる村暮るるまで

郭公の声が反響する遠くの青霞む嶺々がその郭公の声に応えて詠い出したかのように、一首一首はふかぶかとした韻律をたたえている。一首目、「無頼」は前登志夫の歌のキーワードのひとつであるが、生命力（＝エロス）の昂揚を反映した言葉であろう。郭公の声に反応して、山脈もおのれも旺盛な生命力を青く濃く曳き出したというのである。自然と作者がすでに渾然一体となった境地であるが、「すこし」という言葉に作者の含羞を曳いている。二首目、その郭公の声にほととぎすの声がまじり、自然の生命力の横溢に呑み込まれそうになった作者の詩魂は、人としての温もりを求めざるをえない。自然と人のエロスが「ふるづま」という言葉によって上品に反響している。三首目、四首目は、黎明と夕暮れの郭公の声が詠まれているが、郭公もそれを聴いている作者も生かされている世界への明け暮れの生命的なしずかな祈りが感じられる。

こんなことを思いながら、眠る前のほんの一時間ほど歌集『流轉』のふかぶかとした時空を漂うのは、「はたらき疲れ」て歌を詠まぬ暮しを強いられている私の至福の時間のひとつである。このふかぶかとした時空と韻律を孕んだ前登志夫の歌の世界は、いかにして実現されていったのであろうか。私はこの時空の在り処を「翁のトポロジー」と呼んでいる。歌集『流轉』にも「翁」という言葉をふくむ歌が数首ある。

香具山のふもとの草に昼餉とる翁となりて栗の香に酔ふ
月出づる嶺にて鳴けるふくろふの翁さぶるか、戦争ありき
その昔巨根と言はれし翁ゐて淋しげなりき椿赤かりき

一首目、香具山の翁といえば、翁媼に扮して「香具山の土を、大和の代表物《モノザネ》として呪する為に取りに行つた」「椎根津彦《シヒネツヒコ》と弟猾《オトウカシ》」（折口信夫『翁の発生』）のことが思い浮かぶ。この一首の翁もそのような神話の時間を「栗の香」にまじえて漂わせているのは確かだが、この「香具山のふもとの草に昼餉とる」現実の翁も、「中世以後、実生活上の老夫としてのみ考へることができなくなつてゐる」（『翁の発生』）翁舞いの「わざをぎ」としての翁の時間を曳いているように思われる。

二首目は、『遠野物語』序文の「おきなさび飛ばず鳴かざるをちかたの森のふくろふ笑ふらんかも」の掉尾の一首を背後にもっているが、この「ふくろふ」は夜の嶺そのものの声のようにふかぶかと鳴いている。「戦争」とはいつの戦いであったのか。縄文時代の戦いであるのか、それと

も太平洋戦争であるのか。三首目は、まれびとであり、異能者としての翁の淋しさが、見る人もないのに今を盛りと咲いている赤い椿にひかりを曳いている。

引用した歌からもわかるように、前登志夫の詠む「翁」は単におのれを仮託した人物ではない。「翁」は現実と他界を往き来する境界のトポロジーである。前登志夫の歌のもつふかぶかとした時空や韻律は、「翁のトポロジー」から紡ぎ出されてきているにちがいない。この「翁」という言葉をキーワードにして、すこし前登志夫の歌集をさかのぼってみる。

「翁」という言葉が登場するのは、第三歌集の『縄文紀』からである。五十歳前後に詠まれた歌で編まれたこの歌集には、すでに十首近くの「翁」という言葉をふくむ歌がある。歌集『縄文紀』から歌集『青童子』までの歌集の中から「翁」という言葉をふくむ歌を数首ずつ抽く。

御火焼《みひたき》の翁ならねど山にくる他界の夜につつまれて寝る
翁さびくちごもりつつ告げなむか山の戦後史聴く人なしに
翁舞ふ山のくさむらそよぐなり青き一日《ひとひ》の涯のひぐらし
（『縄文紀』）

雪代の河遠《とほ》ひかり流れくる春きさらぎを翁舞ふなり
女童つれ筍掘ると竹群にしづかに入りぬ翁さびつつ
国原《くにはら》に虹かかる日よ鹿のごと翁さびつつ山を下りぬ
（『樹下集』）

ぬばたまの若葉の闇にとり出だす翁の面よはるかなる他者
山道に行きなづみをるこの翁たしかにわれかわからなくなる
魔羅出して山の女神《めがみ》に媚びたりし翁の墓に花を捧げむ
（『鳥獣蟲魚』）

少年のペニスの鞘の華麗なる森のゆふべに翁舞ふらむ　　（『靑童子』）

これらの歌から明らかになってくるのは、「翁」という言葉は、一首目の「御火焼《みひたき》の翁」に見るように、神話の時間を曳いていたり、四首目に見るように、「翁舞い」には「吉野国栖奏」という具体的な「わざをぎ」が背景にあるが、やはり年齢的な概念ではない、ということである。かつて前登志夫は「谷行の思想」で、「歴史の根源を流れている時間を生きることなくして、歌がわれわれの主体に思想として蘇る契機はあるまい」と言ったが、「歴史の根源を流れている時間を生きる」ための装置が「翁」というトポロジーの概念ではなかったか。そのトポロジーは「歴史の根源」や「歌のみなもと」や「非在」や「アニミズム」とも呼ばれてきたのである。要するに、生と死が未分化で混沌としたトポロジー。死者が還るところであり、未来が生まれ出るところである。変成し、変身し、流転するエネルギーの満ち満ちたトポロジーである。一首目の「他界」や七首目の「他者」として認識されている領域。

「翁」とは、そのような根源に片方の足を踏み入れ、現実にもう片方の足をおろして歌を詠もうとするときの思想的形象化である。生の領域と死の領域の境界に立って歌を詠む姿。歌集『子午線の繭』で「死ののちもかの老人は尾根行けり頰かむりして向うに越ゆる」と詠まれた老人は、歌集『縄文紀』において「翁」に変成、変身し、八首目に見るように「この翁たしかにわれかわからなくなる」というトポロジーにまで流転していくのである。

歌集『流轉』が私たちに投げかけてくる問題は、この「たしかにわれかわからなくなる」までどのようにして「個を超えたわれ」（「谷行の思想」）を発見するかである。かつて保田與重郎が、太平洋戦争という激変の時代に、民族集団のもつ永遠性を「死の美学」という流転の発想につなぐことによって、戦争によってもたらされる死の現実を変容させてしまったように、流転の美学には、歴史や時代という大きな流れのなかにおのれを手放す安穏さと引き替えに、大きな陥穽があいているのである。流転の美学の安易な受容は、自我の投影を目の前に起こっている現象的な歴史のダイナミクスにつなげて癒されたり、ただ「はたらき疲れ」て、無自覚に歴史の荒波に呑み込まれてしまっているうちに、気がつくと大きな陥穽におちいってしまっているということもあることを、私たちは知っておかなければならない。

われを手放すことによって、「個を超えたわれ」の発見が実現されるのではない。原初の「われ」から現代の「われ」まで営々とつながれてきた無数の「われ」を自覚し、むしろそのように意識できる強烈な個の確立があって、はじめて個は超えられるのではないだろうか。さらに「谷行の思想」から引用しよう。

風景がわれわれになにかを語りかけてくるのは、自我の投影によって生じる対話などではなく、意識の奥ふかい反響として存在するものにちがいない。われわれの生き方や死に方の全体にかかわる予感として在るものだ。わたしが向う山の残雪を見て、当分冬の苦しみが続くだろうと感じる日常感覚に、集中して立ちかえる根拠もそこにある。こうした単純な生活感覚は、雪の上にくろぐろと続いている獣や人間の足跡の、無気味な山の静けさにもつながっている。この雪の上の足跡は、大昔の山に棲むものの恐怖をわたしに呼びおこしながら、わたしの意識の彼方まで点々と続いているのである。

この「恐怖」は、原初の「われ」から現代の「われ」、そして未来の「われ」にまで、無数の「われ」へとつながっていくことに対する「畏敬」である。現実という目の前で起こっている即物的な流転現象に私たちの歌の未来をつなぐのではなく、歴史の根源から死に変わり生まれ変わりしてきた無数の「われ」として現在している、私たちの存在そのものがもつかけがえのない流転という発想を学ばなければならない。

その際、翁のトポロジーにとってもう一つの重要なものを忘れてならない。それは、一首に孕まれる他者の眼差し。一首に根源的な批評を孕む眼差し。

山里の空にかがやきうかびゐる蜻蛉《せいれい》朱《あか》し、空すこし老ゆ
襲ひくる青葉の暈《かさ》よくさむらに寝ころびをれば羽化はじまらむ
斧もちて山に入らぬ木こりゐて夜半こだませり誰か木を伐《こ》る

一首目、晩夏の空であろうか、赤蜻蛉をうかべてすでに秋のひかりをひそめている空。二首目、猛々しい自然に感応する「羽化」という強靭な生命力。三首目、夜の森の無気味な反響。「空」も「青葉」も「こだま」も、すでに聖なる他者であり、一首に根源的で、生命的な批評がひそんでいる。

そして、この翁のトポロジーは、再生の予感を曳きつつ、「みどり児」や「童子」となって流転する。翁の流転する姿が「みどり児」であり、「童子」である。

かたはらに黒牛をりて小童のごとく睡りぬ雨きたるまへ
若葉照る午睡の村を過ぎてきつわれに似し神もいまはみどり児
みどりごよ父を遠くへ往かしめよオノマトペもて霰たばしる

歌集『青童子』に「童翁界」という魅力的な小題をもつ歌群があったが、歌集『流轉』こそ、無数の「われ」へとつながっていく「翁」から「みどり児」や「童子」へと流転する「童翁界」というトポロジーを、ふかぶかとした韻律につなぎとめることのできた歌集と言える。韻律の深さは再生への祈りの深さである。

II　聖なる他者

第八歌集『鳥總立』では、前登志夫の歌集にはめずらしいことであるが、映画を観て詠まれた一連がある。

礼《ゐや》深き別れはありき山住みのえにし果つるとわが思はなくに
風景に目守られたりしこの家も空家《あきや》となりて風景のうち
ドラマの主役は山水《さんすい》ならむ人間の暮らしの声のかそけさを盛る

これらは、「萌の朱雀」という映画を観た感想を、「別離」と題して詠まれた一連十首のうちの三首である。これは、監督の河瀬直美が、一九九七（平成九）年のカンヌ映画祭で史上最年少のカメラドール賞（新人監督賞）を受賞したことで、一躍脚光を浴びることになった映画である。西吉野村の村人たちの日常に淡々とカメラを向けていて、ドラマらしい展開もほとんどないままに、村を去りゆく人と村人との別離で終わる映画であったように記憶している。しかし、前登志夫は、「娘《こ》とふたり地下劇場に泪せり山住みのわれをスクリーンに見て」という感想を、一連の最後の一首でもらしている。「礼深《ゐや》き別れ」や、「空家《あきや》」が目立つ過疎の村としてある風景や、その風景の圧倒的な「山水《さんすい》」にかき消されそうに棲む人々の「声のかそけさ」など、映像として見せつけられた西吉野村の寒村の日常は、そのまま前登志夫の日常ではなかったか。泪の意味は、映像に他者として在る「われ」を見たからではなかったか。このような「山住み」をおのれや家族に強いた、その根拠とは何であったのか。

「礼深《ゐや》き別れ」にも、「風景に目守られた」空家にも、「人間の暮らしの声のかそけさ」にも、前登志夫は、もうすでに「村」にしか残されていない「聖なる世界」の在り処を感受していたにちがいない。前登志夫が「山住み」をおのれや家族に強いてまでも、韻律の砦としての「村」に踏みとどまっているのは、「聖なる時間」や「聖なる空間」としてある他者としての「聖なる世界」を歌に詠みとどめんがためではなかっただろうか。

かつて前登志夫は、他者について、「歌の思想　五」（『明るき寂寥』所収）に次のように書いていた。

そこでのわたしの作業のひとつは、郷土との臍の緒を断ち切ることであった。徹底した個の自覚を持続することであった。ところが、自己の貌のふかみを見ようとすればするほど、他者とのかかわりのなかに浮び上がってくる貌なのである。もう一つの臍の緒がつながっているのをみとめざるをえない。他者のなかにこそ本来の〈私〉がいるという覚醒——。

また、他者について次のように詠ってもきた。

梅雨の夜のつゆをふくみてわれに来《こ》しさびしき他者をなぐさめかねつ　（『樹下集』）
わが歌は輝ける他者やまももの実を食うべゐる家族《うから》も死者も　（『鳥獸蟲魚』）

このような「歌の思想」によって詠まれてきた前登志夫の他者の時間は、『鳥總立』の歌々において、香気と輝きを放ちつつじっくりと熟れてきているようである。『鳥總立』を読みとおしたとき、こころのどこかにぽっかりと明るい空間が開けられたような気はしないだろうか。おそらく、『鳥總立』のしらべとしてある「聖なる時間」や「聖なる空間」に、薄っぺらで俗っぽい日常が揺さぶられ、洗われ、晒されるからだろう。

『鳥總立』巻頭の一首から、すぐに「聖なる空間」にひきこまれてゆく。

百合峠越え来しまひるどの地図もその空間をいまだに知らず

どの地図もいまだに知らない空間とは、いわゆる「非在」の空間である。この「非在」の空間こそ、前登志夫が「村」に踏みとどまり、「輝ける他者」としての短歌に詠みついできた「聖なる空間」である。この巻頭の一首は、『鳥總立』の宇宙を統べている象徴的な一首といえよう。「百合峠」という地名すら「非在」なのではなかろうか。しかし、この百合峠を通って歩み入る『鳥總立』の宇宙は、現実としてある俗なる世界よりも、百合の匂いにつつまれた聖なる世界の実在性をしらべにのせて濃密に漂わせている。

日常はつひにまぼろし百合峠くだりきたりし病猪《やみじし》の後
百合の香を身にまとひつつ山道を飛び去りしもの父かもしれぬ
三輪山の笹百合匂ふ黒南風の国原青く別れたる日や
銀漢の闇にひらける山百合のかたはら過ぎてつひに山人

一首目、「日常はつひにまぼろし」と詠われる。百合峠の向こう側の「非在」空間（＝聖なる空間）からくだってきた「病猪《やみじし》」（われといふ他者）には、俗なる日常はすでにまぼろしとしてしか認識されないほど実在感を失っているのである。まぼろしの日常で傷ついた「病猪《やみじし》」には聖なる空間こそが棲家。二首目、三首目の百合の匂いは、亡くなった父のいた時間や別れた恋人と過ごした聖なる過去を呼びこんでせつない。四首目には、銀河が照らす聖なる闇で、山百合の香につつまれながら、聖なる世界の在り処を歌につなぎとめる最後の山人としての覚悟がうかがえる。

二首目、三首目で触れた「聖なる過去」は、自分が生まれる前や父母未生以前から原初の時間へと遡及してゆく「聖なる時間」でもある。

なんとなく春風過ぎる日のひかり生まれるまへを照らしゐるなり
沐浴はさびしかるべし父母未生以前の湯気に嬰児《みどりご》となる
古き代に怒りたまひし神の貌太虚《おほぞら》ふかくゐがかむとすも

二首目に明らかなように、「聖なる時間」は翁から嬰児へも流転、転身、変身できる不可逆な流れをもつ時間でもある。
こうした「聖なる空間」や「聖なる時間」を受肉するには、M・エリアーデが言うように、俗と聖との二つの世界を分離するのと同時に、二つの世界が相会し、「俗なる世界から聖なる世界への移行が行われ得る逆説的な場所」（『聖と俗』風間敏夫訳）が必要であるが、巻頭二首目の次の一首はその「逆説的な場所」の在り処を示唆している。

わが打ちし面をかむりてねむりたり天窓のひかり白絹のごと

この一首に詠まれている「面」も「天窓」も、異界あるいは聖なる世界を見る境界性の在り処を示唆している。仮面はそれをつけることによって、人間の内面を外界の世界に結びつけるものであり、窓は聖なる世界や無意識をのぞきこむ詩魂の閾を象徴している。

くわくこうのしきりに啼けるこの朝明《あさけ》くらき仮面も華やぐらむか
立秋のひかりをはじき蜻蛉とぶ木斛《もくこく》の幹に仮面を懸ける
この夏のオホミヅアヲを待ちをれば山家の夜の窓のさびしさ
擂粉木《すりこぎ》に白和《しらあへ》なじみ花のごと春の雪ふる引窓の下

この仮面や窓に相当する人間の内面と聖なる世界を結びつけるものとしては、他に「牢」や「戸口」や「扉」が目をひく。

息苦し、世界のはたて飛びゆかむ白木の牢に目をつむりをり
枯山《からやま》の戸口にありて遠吠ゆる風の侏儒《こびと》らわれを宥さむ
紅葉の山にむかひてひらかれし扉の奥にみちびかれ来つ

一首目の「牢」については、玉井清弘が「本来の自己、あるべき姿を取り戻すには、外部との交流の断たれたシンプルな閉鎖空間「まぼろしの牢」がもっともふさわしいのである。……定点を「牢」に定めて、自己の生存の意味をかみしめようとする意識」（短歌紙「梧葉」創刊号）という鋭い指摘をしているが、この牢は杉や檜の樹間で思索している生身の自分が観想されているのであろうから、閉鎖空間ではなくて、宇宙や無意識という聖なる世界に開かれていると私は考えている。二首目、三首目の「戸口」や「扉」は、文字どおり、聖なる世界への通路としての戸口

であり、扉である。三首目の「扉」は、例えは悪いが、漫画『ドラえもん』の「どこでもドア」のように、紅葉の山のその風景の奥の聖なる世界へと導いてくれる扉を感じてしまうのである。
この聖なる世界への通路を開けるのは、伐採された一本の木の梢であってもよい。

鳥總立《とぶさだて》せし父祖《おほちち》よ、木を伐りし切株に置けば王のみ首《しるし》

「鳥總立」という、切株に梢を立てる儀式によって、伐採した木の再生を祈るのであるが、その儀式の底に流れているのは、聖なる他者としての神とともにあるという感情である。その神とともにある己もまた聖なる他者なのである。こうした聖なる世界に参入せんとする無意識の促しがあってはじめて、鳥總立の儀式は再生を祈念する象徴となり得る。ここでは一本の梢も再生を司る「王のみ首《しるし》」となり、「われ」の再生を告げる。
しかしながら、「われといふ他者」が直接詠みこまれている歌は、どこかまだ太い観念の尻尾を曳きずっていて生硬である。

一言《ひとこと》で世界をうたへ、葛城の山にむかへるわれといふ他者
ほととぎす啼きてわたれる青空に疵痕《きずあと》のごとけふの他者われ
青あらし野をさらふ日やみどりごとなりてしまへりわたくしの他者

一首目は、葛城の一言主神を想念においた言挙げであり、三首目の歌は、すでに見てきたよう

に、流転や輪廻への観想がむきだしになっている。二首目の下の句は痛々しいくらいである。むしろ、二首目の上の句に詠まれているような、その聖性の在り処としての「ほととぎす啼きてわたれる青空」にこそ、聖なる世界につながる「われといふ他者」の聖性が開示されているように思われるのである。「空」をはじめ、「日」「月」「星」「雲」「虹」など天体の現象を詠んだ歌は、『鳥總立』には七十余首を数えるが、聖なる世界を歌につなぎとめんとする前登志夫の旺盛な詩魂を感ぜずにはおれない。先に引用した『聖と俗』のなかで、蒼穹について、M・エリアーデは次のように書いている。

蒼穹はただ仰いでこれを眺めるだけですでに宗教的体験を呼び起こす。天は無限なもの、超越的なものとして啓示される。それは〈全くの他者〉の最たるものである――すなわちちっぽけな人間とその生活空間とは全く異なる或るものである。その超越性は、人間が天の測り知れない高さを意識するや否や開示される。

そのような超越性としてある聖なる世界の在り処を開示している天体現象を詠んだ歌のなかから数首を引用する。

ひめやかにけものは土を歩むらし億万のもみぢ空に散り敷く
果無《はてなし》の尾根を辿りて海を見つ、山越しの海空にあふるる
蒼穹の洞《うろ》より散れる枯葉にてわがかたはらにしばらく炎《も》ゆる

わが恋ひし女人菩薩ら春の夜の星のひかりに見ればほほゑむ
木の上に睦むささびぬばたまの夜の瞼に星座さやげり
願はくは星ふりたまる山巓《さんてん》の窪みに棄てよわれ惚けなば
銀箔の鱗《うろこ》をこぼしやまなみを雪雲わたる天犯さるる
性愛を蔑《さげす》まざりし神々のつどへる秋の夕雲朱し
なんといふやさしき鬼か月差せる水引草にくちづけをせり
さわらびを摘みてかへれば草の上に抱けといふなり春の入日は
秋神鳴《あきがみなり》低くとどろく野の涯に生け贄のごと虹はかかりぬ

「空」や「星」を詠った歌には、聖性を告げくる他者のうちに自己を見つめている強靭な詩魂が感じられる。「雪雲」や「夕雲」の歌は、原初の聖なる時間の在り処が告げられている。「月」の歌には聖なる世界との和解や親和性が感じられるし、「日輪」の歌には生命力としての聖なるエロスが濃厚である。そして「虹」の歌には、私たちの文明社会では、聖なる世界は一瞬あざやかな姿を現しては消えてゆく虹のように、もはや生け贄としてしか存在しない他者なのかもしれないという思いがよぎるのである。

六首目は、西行の「ねがはくは花のしたにて春死なむそのきさらぎの望月のころ」を本歌取りとしつつ、その一首に匹敵するような聖なる他者としてのわれへのせつない祈りが詠みこまれた歌として、記憶に深く刻んでおきたい。

11　鬼の系譜

I

桜井市立図書館をよく利用する。この図書館の郷土資料室には、桜井市が生んだ文学者ということで保田與重郎のコーナーが設けられていて、『保田與重郎全集』だけでなく、ある程度、保田與重郎関係の研究書や評論集も揃えられているからである。

また館庭には、保田與重郎の筆になる二基の歌碑が立っている。読書に飽きると、その庭に出て、見るともなく歌碑に目をやりながら、日向ぼっこをしたり、昼食を摂ることもある。

向かって右側の歌碑には、「紀鹿人跡見茂岡之松樹歌」という詞書をもつ「茂岡に神さび立ちて栄えたる千代松の木の歳乃知らなく」（巻六・九九〇）という万葉歌が刻まれている。万葉時代の鳥見山には、その樹を見れば鳥見山だとわかる松の古木が聳えていたのであろう。

向かって左側の歌碑には、保田與重郎の唯一の歌集『木丹木母集《もくたんもくぼ》』より次の一首が刻まれている。

鳥見山乃この面かのもをまたかくし時雨は夜乃雨となりけり

六月はじめ、この一首を口ずさみながら、歌碑の真向こうに見える鳥見山を仰いでいると、鳥見霊時に立ってみたいという思いが強く湧いてきた。歌碑から車道をはさんですぐのところに、鳥見山をご神体とする等彌神社がある。「等彌神社」という石柱よりも「猿田彦神社」という方形の標示柱が先に目にとまる。しかし、瓊瓊杵尊《ににぎのみこと》の道案内をした「みちひらきの神」である猿田彦が、どう鳥見山と関係するというのか。

境内の入口に保田與重郎の筆になる「申大孝」（おやにしたがふことをのぶ）という石碑がある。これは無論、保田與重郎の『鳥見のひかり』（『全集』第二十巻）に抽かれていた『日本書紀』の「神武紀」にある「四年春二月《よとせきさらぎ》」の鳥見霊時での詔の中の言葉である。

大孝を申ぶとは、神勅の事依《ことよ》さししままに完了し、即ちそのことを、幣物を置き足らはす形に成就し、こゝに神勅のまゝを復奏する祝詞申すことであつて、これが祭りの本旨である。又聖業の所以である。（中略）即ちまつりとまつりごとの一体を示すものである。さればこの肇国の初め、数年の歳月をおいて、初めて大孝を申べ給ふ大祭が完全に行はれたのである。

保田與重郎の思想の核心にある言葉が刻まれた石碑が、木陰にころがっている自然石のように無雑作に置かれている入口から、等彌神社の拝殿へとつづくゆるやかな坂道を登っていく。誰もいない。拝殿に掌を合わし、崩れかかった十数段の石段がやがて地道になってしまう坂を上がって行くと、霊時拝所の石碑のあるところに出る。霊時拝所の左に立つ石碑には万葉歌が刻まれている。「うかねらふ跡見山雪のいちしろく恋ひば妹が名人知らむかも」（巻十・二三四六）、忍ぶ恋か、はっきりと恋情を出せば相手を知られてしまうというのである。なんとも霊時拝所には似つかわしくない内容であるが、「跡見山」の詠み込まれた万葉歌として刻む価値があるのであろう。

このあたりの地名を「外山《とび》」というが、おそらく「跡見《とみ》」から来ているのではなかろうか。「さみしい」が「さびしい」と転訛するように、などと愚考しながら少し休息をとる。拝所とはいえ、まわりに雑木が鬱蒼と繁り、まったく眺望はきかない。

拝所から先は雑木の中の細道となり、登るにつれて蜘蛛の巣が顔にかかる。お茶の用意などしていないので、ときどき、道端の赤い野苺に喉をうるおしながら登って行くと、三つの花をつけた一本の笹百合に出会った。人ひとりが通れるほどの山道を辿っていると、違和感をおぼえていた「みちひらきの神　猿田彦神社」の標示柱がなんとなく思い出されてきて、記憶の底から前登志夫の歌が汗とともに噴き出てきた。

　けもの道に若葉のひかり差し透るこのさびしさよ猿田彦いづこ　（『縄文紀』）
　苗負ひて山原ゆくは三月の猿田彦ならむまへに屈みて　（『樹下集』）

台風で倒れた木が放置されて道をふさいでいるけもの道のような山道を辿っていると、前屈みのさみしい猿田彦がしきりに思い出された。山道を登りきったところに句碑が立っていた。休息をとりながら判読しようとしたが読めなかった。そこから尾根に沿って西へ向かうと六畳間ほどの広さの霊時に出た。しかし、ここもあたり一面に雑木が鬱蒼と繁っていて、まったく眺望がきかない。木々を揺する風の音や鳥の声にまじって聞こえてくる耕耘機や電車や自動車の音によって、国原を幻視するしかなかった。
しばらくそれらの音に耳を澄ましていると、その音に遠雷がまじって聞こえてきたので、すぐに下山することにした。途中しぐれて、少し濡れた。図書館に入ったとたんに土砂降りの雨となった。「しぐれは昼の土砂降りとなる」と呟きながら、雷をともなった激しい雨を見ていた。

すると、あまりにも長く私のなかで眠っていたために黴くさいにおいを放っているが、なかなか棄てられずにいるある思いが蘇ってきた。一九七四(昭和四十九)年の「短歌」七月臨時増刊号の座談会「現代短歌の時代と方位」(上田三四二、塚本邦雄、馬場あき子、前登志夫)の中で、特に塚本邦雄と前登志夫の間で交わされた日本浪漫派についての論争に対する思い。

塚本　前君の作品すべて、とは言えないが、短歌作品と詩の一部分には、明らかに日本浪漫派の血が流れていると思うな。日本浪漫派の典型として伊東静雄の詩があるでしょう?静雄の詩はまことに特殊な、韻文的散文詩、口語詩ではない。(中略)朔太郎が「氷島」で試みた韻文的世界を、「わがひとに与ふる哀歌」で、散文のかたちで達成している。そして、蕪村の倭詩を髣髴させる世界に近づいているね。その辺の血のつながり方が実におもしろいと思うな。だから、形式的には前君はちっとも違和を感じなかったというのも、その辺の血のまじりぐあいだと思うのね。

前　一ぺん聞きたいと思っていたんだけど、あのころ塚本君は日本浪漫派的なものにかなり批判的で、ぼくはそれは知らなかったことをいろいろ目が開かれたわけだけど、その後なんかもっと広い場で塚本君の仕事を見ていると、なんか深いところで一脈通じるんじゃないか。

塚本　あれを否定するのが私自身のルネサンスである時期があったんだな。そしてたしかにあのころ、近親憎悪という感じで日本浪漫派や四季を徹底的に拒もうとしたんだと思う。逆にたとえば吉岡実の仕事なんか実に新鮮だった。ところがその吉岡実もまた短歌から出発していた。詩人は皆、短歌から無縁ではあり得ない。（後略）

この論争は、その後、再び深められることもなかったし、日本浪漫派や四季派が、塚本邦雄、前登志夫のそれぞれにどのように影響を及ぼしたか論じられることもなかった（ように思う）。しかし、その後も、前川佐美雄の歌集『日本《やまと》し美《うるは》し』『金剛』などの戦争詠をめぐる論争や、現代歌人の湾岸戦争、イラク戦争を詠った機会詩の問題など、歌人の戦争詠、戦争責任という問題が間歇的に噴き出してくるたびに、私のなかでは、この二人の発言が思い起こされた。日本浪漫派や前川佐美雄はじめ大多数の歌人が、戦争に巻き込まれ、戦争詠を詠むことによってむしろ積極的に協力することになってしまったのはなぜか。塚本邦雄、前登志夫はじめ現代歌人たちは、このアポリアを超克することができたのか。塚本邦雄の前登志夫に対する発言――「前君の作品……の一部分には、明らかに日本浪漫派の血が流れていると思うな。」や、前登志夫の塚本邦雄に対する発言――「もっと広い場で塚本君の仕事を見ていると、なんか深いところで一脈通じるんじゃないか。」を一度でも検証したことはあったのだろうか。この二人の発言だけでなく、戦争中、大多数の歌人が陥った危うい文学的状況を自己の問題としてほとんど検証もせず、そこからそれほど隔たっていないところで「現代短歌」は詠まれてきているのではないかという思いが、悪性の腫瘍のように意識のどこかにしっかりと根を張ってしまって、だんだん大きくなってきている。

II

塚本邦雄が、「前君の作品……の一部分には、明らかに日本浪漫派の血が流れていると思うな。」と言う発言のもとになっている、「日本浪漫派の典型として」の「伊東静雄の詩」を読んでいくことからはじめたい。前登志夫が評論集『山河慟哭』の「詩の自由・歌の自由」のなかでも引用している、伊東静雄詩集『わがひとに与ふる哀歌』のなかの「曠野の歌」という詩を抽く。

わが死せむ美しき日のために
連嶺の夢想よ！　汝《な》が白雪を
消さずあれ
息ぐるしい稀薄のこれの曠野に
ひと知れぬ泉をすぎ
非時《ときじく》の木の実熟《う》るる
隠れたる場しよを過ぎ
われの播《ま》種く花のしるし
近づく日わが屍骸《なきがら》を曳かむ馬を
この道標《しめ》はいざなひ還さむ

あゝかくてわが永久《とは》の帰郷を
高貴なる汝《な》が白き光見送り
木の実照り　泉はわらひ……
わが痛き夢よこの時ぞ遂に
休らはむもの！

テーマは「祈り」であろうか。「連嶺の夢想」の夢想とともにある「わが痛き夢」の敗北に対する祈り。その祈りを捧げるためにだけ、「わが死せむ美しき日のために」「息ぐるしい稀薄のこれの曠野に」「非時《ときじく》の木の実熟《う》るる」「わが永久《とは》の帰郷」など、現実のきしみから紡ぎ出されたアイロニカルな詩句が綴られていく。読み了えたとき、祈りとして捧げられた時間だけが言葉の残像として白いひかりを曳いている。「非時《ときじく》の木の実熟るる」非在の世界からしたたった一瞬の光芒のような詩。

大岡信は、この詩の四行目から十行目の部分を引用して、『抒情の批判』のなかの「昭和十年代の抒情詩」のなかで次のように述べている。

ここで詩人がみつめている風景は、おのれ自身のまく花が、そのまま己のなきがらを曳く馬の道標となるアイロニカルな風景である。それがなぜそうでしかありえないかといえば、詩人が「非時《ときじく》の木の実」を見てしまったからだ。つまり人が永遠と呼ぶあの非時間に、詩人の時間がのめりこんでしまい、しかもそこで何ひとつ見なかったからだ。なぜなら、そこはまさに

「非時」だったのだから。伊東静雄の詩は、少なくとも『わがひとに与ふる哀歌』当時の詩は、そうした「非時」の世界から現実の時間へ詩人が突返されたところで成立している。それはまさしく、「屈折の精神にふれた時その精神の現場を歌つた」詩であった。それは本質的に形而上学的な詩であり、同時に極めて現実——詩人の精神の現実——に密着した詩であった。

（傍点は原文）

引用文中の「屈折の精神にふれた時その精神の現場を歌つた」というのは、保田與重郎の「伊東静雄の詩のこと」（「全集」第十四巻）の次の箇所からの引用である。「伊東は風景を歌はない。純粋として通るものの俗化される過程さへ知つてゐるごとく、心にくくも風景の屈折度を測るまへに、屈折の精神にふれた時その精神の現場を歌つた。……彼は現実を換言したり歪めたりするまへに、今日の事情として彼の詩心は現実に傷つけられてゐるのだ。詩情の純粋度を測るよりも、詩情と現実の接触面を示さねばならぬ、純粋本質の詩人だつた。彼のことばをかりるなら、強いられて、と歌ふべきである」。

「しかしこの詩のリズムはよくぼくを脅かしたなとおもう」と述懐しつつ、前登志夫は、もっと自分にひきつけて、「詩とは何か、歌とは何か」を問いかけながら、おのれの歌の拠って立つべき基盤を確かめようとするかのようにこの詩を読んでいる。

……この詩を引用したのは、この詩のモチーフがあまりにも「短歌的」でありながら、その発想において、あまりにも今日の短歌からへだたっている点に興味を感じたからである。愛と死をモチーフとするこの詩は、短歌が永く培ってきた唯一の主題であるとおもえる。にもかかわらず、その発想が短歌的なるものと遠いのはどういうところか。ひとくちに言えば、この詩がメタフィジックの世界であるということだ。観念の燃焼だけがこの詩の実体であるともいえる。連嶺も、泉も、馬も実際にはどこにもいないのである。すべては観念である。言語としてあるだけである。しかし、その観念が全体として物そのもののように息づいているたしかさを見落とすことはできないだろう。つまり、この詩の形式が、内容・観念をこの上なく縛りつけ、かつ支えているのをみるのである。（中略）この「曠野の歌」がなお付属物をつけた詩編にみえるような、一首の歌は不可能であろうか。
（『山河慟哭』「詩の自由・歌の自由」）

たしかにここには、伊東静雄の詩を批判的に継承しようとする視点がある。「その観念が全体として物そのもののように息づいているたしかさ」を一首の歌として縛りつけようとする視点。この「短歌的なるものと遠い」「発想」こそ、前登志夫が日本浪漫派から継承しようとしたものであると言ってもいいだろう。この「発想」ということについては、すでに保田與重郎が『後鳥羽院』のなかの「近世の発想について」（「全集」第八巻）において、次のようにラジカルな論を展開している。

子規は芭蕉の発想上の変革を、聯想されたものの内容論に移換したのである。そこに歪曲の第一歩が始まる。客観主義者子規の考へた趣味の高尚は、外形の聯想論であつた。そこから彼の写生論が生れた。芭蕉の変革にとつては聯想より発想が重要だつたのである。即ち関心の純粋な操作を発見した。その発見の表現のためには、慟哭のやうな派手な身ぶりが——以前の放埒に代わるやうな新しい身ぶりが必要だつたのである。突発の状態で、一つの血すぢを己に感じた。脈々と己の胸のうちで流れてゐるのが意識された、「われもまた……」といふ大仰な歌ひ方は、古来中絶した本歌とりの詩人的意識を、自覚実証したときのときめかしい発見のあはれである。詩を宇宙と人間世界に放散させた瞬間に、詩人は個性を超越して、歴史の中の悠久を信じ、模倣と独創の境界などすでに考へずともよい。もう誰も意識しない古典復興の象徴性が、初めて彼の心に描かれたのである。それは思想でなく発想としてである。

「古来中絶した本歌とりの詩人的意識」の発露からか、「「曠野の歌」がなお付属物をつけた詩編にみえるような一首の歌」を試みようとしたのか、前登志夫は、「曠野の歌」の「反歌」のような歌をいくつか詠んでいる。

わが死せむあしたは来鳴く灰色の蟬の翅透《す》き堅くあるべし　（『靈異記』）
われの日の柩にせむと春植ゑし待たれつつ生ふる檜なりにし　（『繩文紀』）
わが死せむ日の青葉照れ髯しろき山のましらはまばたきぞせむ
秋ふかき地下の茶房にひつそりとパイプくゆらす永久《とは》の帰郷者　（『鳥獸蟲魚』）

これらは、「日本浪漫派の血が流れている」とみなされる歌であろう。しかし、これらの歌は、「曠野の歌」の詩句の一部を取り入れていながら、「言語としてだけある」非在空間のトポスへと発想し直されているのである。死は、言語として、「灰色の蟬の翅」に透き、「檜」にそよぎ、青葉照る「山のましらのまばたき」に息づく。帰郷は、韻律として、「パイプ」の煙とともに立ちのぼる。このような前登志夫の歌の「発想」については、後ほどまた検証することにする。

先ほど引用した保田與重郎の「近世の発想について」の言葉を借りれば、「個性を超越し」た「歴史の中の悠久を信じ」る一瞬を「一つの血すぢ」として感じる方法が「イロニイ」である。その方法によって切り開かれてきたのが、伊東静雄の詩であり、保田與重郎の発想であった。しかしこの方法も、歴史の現実としてあらわれた戦争という未曾有のアイロニカルな全体性の中に呑み込まれてしまったのである。大岡信は先の引用につづけて次のように述べている。

……アイロニーは、抒情詩に与えられた最も貴重な現実批判の武器であり、同時に自己批判の武器ではないか。それは両刃の剣であるという、まさにその事実によって、最も繊細な文学表現の様式に適合していた。それを乱用したとき、保田與重郎は価値のアナーキーという絶望的なまわり舞台をみずから用意し、そこで死の舞踏をみずから演じなければならない破目に陥った。また伊東静雄は、それに見放された時、詩における最も高貴な属性のひとつである、事物の重層的認識を曇らせ、透徹さをなくした視力をわずかに固い古語のレンズでかばいながら、しだいに想像力の枯渇した詠嘆的詩境に後退してしまったのである。

ここに言われている伊東静雄の詩については、擬古的な文体の中に日本民族としてのアイデンティティをつなごうとして「イロニイ」を枯渇させていった『春のいそぎ』（一九四三〈昭和十八〕年）という詩集のことであろう。保田與重郎の「イロニイ」の乱用については、比喩が多用されていてわかりにくいので、もう少し具体的に敷衍してみよう。

保田與重郎は、隠遁詩人の系譜をたどった『後鳥羽院』から『万葉の精神』へと、とうとうと流れる「偉大な敗北」という「否応なく現実の帰趨に裏切られ、敗北する、その敗北への不平、怨みからする現実批判としての理想でなく、敗北そのものの中で純一に歌はれた祈念が暗示するもう一つの歴史の精神こそが文学なのだといふ考へ」（桶谷秀昭『保田與重郎』）へつなぎ、現実のむごたらしい戦死を死の美学へと変容させていったのである。

しかしイロニーとしての日本、最も今世紀に於て浪漫的な日本は、戦争の結果、その相をあきらかにした。すべて戦場にある価値を見よ。生命の最も偉大な価値の瞬間は、その死によつて表現される。個人の生の価値は、死によつて証明されねばならない。

（「全集」第六巻「日本浪漫派について」）

個人の生の価値を死によって証明することにおいて、個人は「天皇制」という歴史の中の擬制の悠久につながることができるのである。

このように死によって証明され、「あはれ」と歌われる、「ひたすら流転の相のもとに見たひとつの美学」（大岡信『抒情の批判』「保田與重郎ノート」）を説く保田與重郎の論調は、時局緊迫の締め付けを強める国策イデオロギーに巻きこまれながら、いやおうなく戦争に加担していくことになったのである。

III

出征してゆく若者たちに死の美学を説くことによって、保田與重郎が国策イデオロギーに加担していったように、太平洋戦争が勃発すると歌人たちの多くも我先にと戦争頌歌を詠った。なかでも、シュールレアリズム的な作風の歌集『植物祭』『白鳳』から出発して、日本回帰を果たしたかのような歌集『大和』『天平雲』を経て、おびただしい戦争頌歌を収めた『日本《やまと》し美《うるは》し』『金剛』へと至った前川佐美雄は、新風が正風だという思いから、歌の変遷が激しかったためか、他のどんな歌人よりもその戦争詠が糾弾断罪されることが多い。

塚本邦雄は、歌集『植物祭』を生み出した前川佐美雄の意識を「……生きがたい世に生かされる不条理に苦しむ、すべて悲観的、敗北的な当時の社会情勢下の青年が、しかも文芸の中の最も儚い短歌につながりつつ肩そびやかすことのイロニー、敷島の道の名門に育ちながら、コクトー、アポリネールの徒に倶することの含羞、その反問苦肉と狂瀾怒濤のもだえを抜きにして、この一時期の作品は成り立つまい。」と分析しながら、保田與重郎の言論との相補的な関係を次のように続けて述べている。

『コギト』の発刊、それ以後の保田氏の凄然たる気迫にみちつつ、終始悲劇的な激昂した論調は、この悶えを救済してあまりあるものだったろうと推測する。その特殊な自然観、日本的美意識の強調は、明らかに佐美雄氏の内で眠らされていた、「われは大和の民也」の自意識と誇りをゆさぶり、よびさまされた血は、歌集『大和』に曼荼羅の詞華となって噴出し、ついに『大和し《ママ》美し』から『紅梅』に曲線を描きつつ奔るのだ。保田氏の論調がこれと不即不離の暗い予感を孕みつつ、戦後に至るのは、いずれを光とし影とするかは措いて、当然のことだったと思われる。

（「幻想の結社「日本歌人」」―「全集」第八巻『定型幻視論』）

図式化されすぎているきらいはあるが、前川佐美雄と保田與重郎の関係がよく見える一文である。昭和十年代という軍靴の音がすべての声をかき消そうとする時代に、前川佐美雄と保田與重郎は、お互いに欠けていた部分である論と詩を補い合いながら、精一杯その声を響かせようとしたのである。

誤解を恐れずに言えば、死の美学を説いたり、戦争頌歌を詠ったりして戦争に加担したと言って、文学者の戦争責任を云々することにそれほど関心はない。戦争とはなんらかの利害の対立であり、その利害には必ずイデオロギーが含まれる。勝てば官軍。敗ければ賊のイデオロギーに加担した者には責任問題が浮上する。

だから、敗けた大東亜戦争に加担協力したから、保田與重郎の論説や前川佐美雄の短歌は否定されるべきであると弾劾しても、それはそれほど意味があることとは思えない。むしろ、「詩を宇宙と人間世界に放散させた瞬間に、詩人は個性を超越して、歴史の中の悠久を信じ、模倣と独創の境界などすでに考へずともよい」という保田與重郎の「イロニー」の発想も、前川佐美雄の歌集『大和』のようなしらべの漲った短歌も、なぜ戦争という大状況には伸びきったバネのように巻き込まれてしまったのか、そこのところを知りたいという思いの方が切実である。

たとえば、大辻隆弘は前川佐美雄の歌集『日本し美し』(一九四二(昭和十七)年)と歌集『寒夢抄』(一九四七(昭和二十二)年)に収録されている「夏山青し」の歌を検証しながら、「『寒夢抄』は当時起こりつつあった戦争犯罪人追求に先んじて彼が張りめぐらせた予防線としての意味をもった歌集ではなかったのか」と前川佐美雄の戦争責任のがれのための改竄として『寒夢抄』を糾弾している(「反転する自然」—「歌壇」一九九四(平成六)年六月号)。一、二抽く。

おのれをぞ滅して国に仕へなば清しさは夏の山くだるみづ　(『日本し美し』)
おのれをばあるがままにしあらしめば清しさは夏の山くだるみづ　(『寒夢抄』)
夏山の青山くだる真清水の心を継ぎて国しまもらむ　(『日本し美し』)
夏山の青山くだる真清水のこころを継ぎて明日さへもゐむ　(『寒夢抄』)

そして、傍線部分の改竄を次のように論じている。

『日本し美し』の「夏山青し」において、夏山の自然は〈公〉的な意識を持つ作者の目に映る「国土《くにつち》」として描かれていた。それは作者の思い入れによって「国土《くにつち》」として意味づけされた、比喩としての自然であったといってよい。『寒夢抄』に採録するにあたって佐美雄は、〈私〉的な状況を連作のなかで仮構することによって、比喩としての自然を、〈私〉と対峙する濃密な手ざわりをもった自然へと反転させているのである。

そうだろうか。「〈公〉的な意識を持つ」「作者の思い入れ」によって詠われた『日本し美し』の自然は、はたして「比喩としての自然」なのだろうか。大辻隆弘の論の展開には、歌集『日本し美し』は戦争歌集であるから、そこに収められた歌も全く価値がないという先入観はないだろうか。『寒夢抄』に採録されなかった手放しの戦争頌歌を除いて、改作が行われた歌々は比喩などではなくて、『大和』『天平雲』において達成されてきた歌としての表現のレベルをもっていると見るべきではないだろうか。つまり、歌の発想としては、『日本し美し』と『寒夢抄』のいずれの歌も、近代の矮小な自我を解き放ち、歌の中に個性を超越した「われ」をつなごうとする表現のレベルをもっているが、『日本し美し』においては、その個性を超越した「われ」は、戦争という歴史の中の擬制の悠久さに呑み込まれてしまわざるをえなかったと見るべきではないだろうか。そこに短歌という詩型の宿命を見なければならない。戦後に編まれた『寒夢抄』においては、戦争という擬制の枠がはずれてしまっているので、「われ」は「夏山」の青さの中に解き放たれ、「山くだるみづ」は歴史の悠久のかなたから「明日」へと流れてゆくのである。

　たしかに主体そのものが歴史の悠久さにまぎれてしまって、その時代、その時代のエートスを担ってしまうというこの短歌的な美意識は問題点をかかえてはいるが、大辻隆弘の言うように「〈私〉と対峙する濃密な手ざわりをもった自然へと反転させている」（傍点は引用者）のではない。その意味で、三枝昂之の「むしろ私的短歌と公的短歌の二分裂こそ、歌人たちにとっての戦争だった」（『前川佐美雄』）という認識のほうが正鵠を射ているように思われる。

　この短歌の宿命は、現代短歌における機会詩の問題として大きな事件が起こるたびに思い出される。ここ十数年ほど歴史をさかのぼってみても、ほぼ五年に一度、湾岸戦争、阪神大震災、サリン事件、アメリカの同時多発テロなど、題詠のように機会詩としての短歌は詠まれてきたのである。前川佐美雄の戦争頌歌を声高に批判することができないほど、危うい現代という時代や状況に無批判に巻き込まれる機会詩を詠んできたのである。湾岸戦争のときの機会詩が、古橋信孝の「短歌形式と天皇制」(『短歌と日本人』II『日本的感性と短歌』)に収録されているので、それを抽く。

西部劇まだまだやめぬアメリカという不可思議な文化のるつぼ　三枝昂之
暈あはく月を囲めり華麗なるトリックスター髭のフセイン　高野公彦
テレビには油まみれの鳥映り鳥の視線の行方映らず　俵 万智
ゆえもなく撃たれしひとりを支えつつ撮れと言いたる声が伝わる　中川佐和子

これらの歌は前川佐美雄の『日本し美し』の「夏山青し」の引用歌よりもすぐれているといえるだろうか。少し厭戦的な気分はあるが、戦争に加担するという意図はなく、ともかく状況に対して無害であるということを除いては、情報や映像を短歌として焼き直しただけではないだろうか。古橋信孝は、「……三枝や高野の歌のほうが優れていると思うが、それを含めて、なぜ歌にしなければならないのか、内的必然性が読みとれない」と批評している。「三枝や高野の歌のほうが優れている」かどうかはわからないが、機会詩としての短歌は、どうしても状況の説明や状況への思い入れ、あるいは映像の言語化に終わってしまい、「内的必然性が読みとれない」場合が多いのは確かである。(公平を期すために蛇足を付け加えれば、私も湾岸戦争のとき、「中年の兵士ばかりが俘虜となる映像みつむ雛の夜なり」など数首詠んでいる。）

このような機会詩として詠まれることのある短歌がもつ問題は、前川佐美雄の戦争頌歌と切り離して考えることはできないだろう。ゲーテは、機会詩を「すべての現実によって刺戟され、現実に根拠と基盤をもつ」詩（エッカーマン『ゲーテとの対話』山下肇訳）と定義しているが、内的必然性としての自分の現実の切実な声をつなぐ〈機会詩〉としてある短歌という発想を離れて、無自覚に戦争のような擬制の悠久さに自分の声を合わせようとするとき、機会詩としての短歌は脆さを露呈するようである。

この脆さはどこからくるのか。前川佐美雄の歌集『大和』の代表歌のひとつである次の一首を検証していくことから、前川佐美雄がいかにして戦争という大状況に巻き込まれていったのかを明らかにしておきたい。

春がすみいよよ濃くなる真昼間のなにも見えねば大和と思へ

この一首に触れて、前登志夫は、「大和の実景と本質を一言にしてとらえ、同時になにも見えないという覚醒において原郷を見ている」（『山河慟哭』「近代と詩魂」）と述べている。この前登志夫の評言を踏まえつつ、三枝昻之は、歌集『白鳳』の「風景が内蔵しているエネルギー」をもっている歌々を検証してきて、「この〈霞の中の混沌世界〉を手に入れた時、佐美雄ははっきりとシュールレアリズムを歌に内在的なものへと血肉化した」（『前川佐美雄』）と、この一首を見ている。また伊藤一彦は、「『何も見えねば大和と思へ』の大和とは、歴史とともにありながらしかも歴史をこえた永遠の大和ではあるまいか」（鑑賞・現代短歌『前川佐美雄』）と敷衍している。どの批評も「なにも見え」ないことによって見えてくる「大和」という原郷を一首に見ている。私たちが一首に何かを問おうとすると、たちまち濃い「春がすみ」につつまれてしまう原郷。この風景は、伊東静雄の「非時《ときじく》の木の実熟《う》るる」詩的空間に近似しつつ、しかしより深いものを感じさせる。「春がすみ」につつまれた精神の奥深さ、存在の奥深さである。そして、「大和」とはどこなのか。おそらく前川佐美雄の故郷の葛城山麓から大和国原を見た光景なのであろうが、カメラをグーンとひけば、すっぽりと「春がすみ」につつまれた日本列島とさえ見える。天上の眼差し。その意味で「大和」は「非在」である。作者は、「春がすみ」の向こうに歌のしらべそのものとなって存在している。近代の矮小な自我など、どこにもない。前登志夫は、先ほどの引用につづけて、「春がすみ」にまぎれて在り続ける鬼の存在を前川佐美雄の歌に見ている。

歌集『大和』の問題は、個の詠嘆の上にもう一つの声を重ねることによって、主体的な「私」を回復していることではなかろうか。それまでの実生活との相剋から蒙る被害者意識、さらに日常的な自己解体からの傷だらけの帰還をそこにみる。この時期を境として、前川佐美雄の狂気は、観念の曖昧さを脱して、永遠なものとしての鬼に変貌するのである。鬼はもともと山人《やまびと》であるが、わたしたちの魂の問題としては、存在しないというかたちでのみ在り続ける何かであろう。無の眼差《まなざし》であるといってもよい。

しかしながら、「なにも見えねば大和と思へ」という永遠なもの、根源的なものへと突き刺さろうとする鋭い剣のようなイロニーも、個人の力ではどうしようもない、爆弾の炸裂によってすべてを破壊してしまう戦争という大きな現実に巻き込まれてしまうとき、木っ端微塵にされてしまわざるをえない。戦争は、「見えない」ものとしてある根源的なものへと突き刺さろうとする鋭い剣のようなイロニーさえも木っ端微塵にして、見えるものとしての「天皇制」という擬制の悠久さへとつながろうとする意識へ、それこそ「反転」させてしまうのである。この「反転」こそが聖戦と一体化して安堵する戦争頌歌の問題であり、時代の証人のような顔をしながら傍観者としてしか機会詩を紡ぐことができない現代短歌の問題でもある。

この問題はどのようにして克服していくことができるのであろうか。

前川佐美雄はおそらく自覚していなかっただろうが、歌集『天平雲』の中の次の一首などにはこの問題を乗り超えるための歌の発想としての萌芽が見られるように思われる。

秋くさの叢《むら》なす花間《はなま》に見えかくれ射《い》る如く黒き眼《め》をおそれをり

この一首には、「射《い》る如く黒き眼《め》」が光っている。他者の眼である。他者の眼とは、もう一人の自分の眼であり、歌を統御する批評の眼のことである。この一首には、戦争という歴史の中の擬制の悠久さにおのれをつなげて安堵することになる前の、前川佐美雄の歌の苦しみと栄光が見いだせる。しかし、他者の眼を加えて歌に重層性をもたせるという発想の歌を詠むことは、困難で苦しい。この発想の歌も、蠟燭の最後のゆらめきのように、戦争頌歌の中へとかき消されていく。この困難で苦しい発想を手放すことによって、前川佐美雄は、『日本し美し』の戦争頌歌へとおのれをつなげていったのではなかろうか。

IV

おそらく前川佐美雄は、「天皇制」という擬制の悠久さにつながろうとして、ひたぶるに『日本し美し』の戦争頌歌を詠んだことだろう。しらべに張りは失われていない。いくつかの歌は、少し言葉を入れ替えるだけで、永遠や歴史の根源という悠久さにもつながっていく発想さえもちえていたのである。これらの歌が大辻隆弘の批判する『寒夢抄』の歌として再構築されてゆく。この再構築に、大辻隆弘は前川佐美雄の戦争犯罪人逃れの隠蔽工作を見るのであるが、しかしこれまでに見てきたように、戦争頌歌へとなだれこんでいく危うさと脆さは、前川佐美雄の悠久さを思念する歌の発想自体にあったというべきであろう。

第二芸術論による戦争責任の追及は前川佐美雄にも苛烈であったが、危うさと脆さをかかえこんだ前川佐美雄の歌の発想自体に及んで行われたものではなかった。むしろ、「情勢論的な集中砲火を浴びる佐美雄を目の当たりにして、この若い才能たち（塚本邦雄、山中智恵子、前登志夫―引用者注）は、第二芸術論の表層性を誰よりも早く把握できた」（『前川佐美雄』）と三枝昂之は言っている。そして、このように把握できたことにより、第二芸術論への反措定として、前川佐美雄の歌の発想よりも、むしろ喩の技法を継承し、先鋭化させていったのが、塚本邦雄の前衛短歌であると位置付けている。

佐美雄と塚本は、（中略）詩の内在的な思想において、もっと直截にいえば喩の突出において、紛れなく師弟だった。〈かうもり傘×自転車屋〉（ひじやうなる白痴の僕は自転車屋にかうもり傘を修繕にやる〔『植物祭』〕―引用者注）、佐美雄における喩が語の深い転換によって生み出されているのに対して、塚本の方は、〈上句×下句〉（暗渠の渦に花揉まれをり識らざればつねに冷えびえと鮮しモスクワ〔『装飾楽句』〕―引用者注）といった形の、定型に規定された転換の深さを喩の源泉にしている。喩の突出では共通し、その突出のさせ方の点でははっきりとしたちがいをもって、二人は連なっている。

単純化していえば、前川佐美雄の初期の技法であったシュールレアリズムを導入した喩の突出をさらに先鋭化させることによって、塚本邦雄らの推進した前衛短歌運動は、戦後の短歌に新たな息をふきこみ、現代短歌としてよみがえらせたといえる。しかし、現代人の複雑な心理や現代社会の錯綜した事象を短歌に読みこもうとしたために、ときにペダンティックになりすぎたり、句割れや句またがりを多用しすぎて、新しい律は刻んではいるものの、一首全体としてみればかなりしらべの窮屈な歌となってしまい、前衛短歌がはじめの頃にもっていた衝撃的な新鮮さも徐々に色褪せていったように思われる。

そして、「近代の超克」論争は、「個性を超越して、歴史の中の悠久」（『後鳥羽院』「近世の発想について」）につながろうとする日本浪漫派的イロニーの帰結としての、保田與重郎の死の美学への傾斜や前川佐美雄の戦争頌歌への傾斜を批判することには力があったけれども、日本浪漫派のかかえこんだ戦争への傾斜という弱さを超克する道筋を示すものではなかったように、はなばなしく展開された前衛短歌運動も、前川佐美雄の歌の発想自体にメスを入れ、その弱点を切り開き、超克するものではなかった。

前川佐美雄の歌の発想がもつ弱点は、「近代の超克」論争、第二芸術論、そして前衛短歌運動の中をくぐりぬけながら、鬼となって潜伏しただけであった。潜伏した鬼は、前川佐美雄の「鬼百首」のなかで声をあげている。

片ときも心しづまらぬわが身にて昼すぎ水の中に眼を開《あ》く
生きてゐる証《あかし》にか不意にわが身体《からだ》割《さ》きて飛び出で暗く鳴きけり

前川佐美雄も保田與重郎も伊東静雄もかかえていたこの鬼は、「異常噴火」（『子午線の繭』後記）として紡ぎ出された前登志夫の短歌へと引き継がれていく。勿論、前登志夫も前衛短歌運動の影響を濃く受けたであろうが、喩の技法よりも、むしろこの章の第Ⅱ節で抽いた伊東静雄の詩「曠野の歌」の批評で書いていたように、「観念が全体として物そのもののように息づいている」詩としての発想を短歌において継承しようとしたといえよう。存在の棲家たる言葉によって「生の激湍のようなところ」（『子午線の繭』後記）で歌を紡ぐことこそが鬼の継承であった。

かなしみは明るさゆゑにきたりけり一本の樹の翳らひにけり

それにしても、なんと含羞を帯びた出発であろう。すでに「明るき寂寥」がただよっている。

何度も引用される歌集『子午線の繭』巻頭の一首であるが、引用する磁場によっては、新たに意味が立ちあがってくるような重層性をもっているように思われる。異界としての「森」と現実としての「村」の境界に立つ「一本の樹」しか詠われていないが、その「一本の樹」はすでに境界性として存在するものの抽象性を帯びている。「一本の樹」を翳らす根源的な「かなしみ」の出どころとしての他界のひかりが運んでくる歴史意識と「一本の樹」の背後に隠れている鬼の含羞。「個を超えたわれ」(『山河慟哭』「谷行の思想」)を発見するための「明るさ」に、かえって「かなしみ」は炙り出され、一首の背後に隠れていた鬼もいっそう実存の翳りを深めるのである。『子午線の繭』に突出している「悔」「罪」「受苦」「刑《しおき》」という自虐的、自罰的な言葉は、「かなしみは……」の一首のもつ、「個を超えたわれ」から「近代的な個としてのわれ」が批判されつづけるという歌の発想からしたたってくる抒情なのである。

歌集『靈異記』では、この鬼は根源的な「かなしみ」をたたえた形象をともなって登場する。

木斛《もっこく》の冬の葉むらに身を隠れわが縄文の泪垂り来る
この父が鬼にかへらむ峠まで落暉《らっき》の坂を背負はれてゆけ

涙をたたえた戦後の前川佐美雄の鬼を見つづけていた前登志夫の「縄文の泪」は、前川佐美雄がおちいった擬制の悠久さを超克するために、「個を超えたわれ」から「近代的な個としてのわれ」が批判されつづけるという自己否定の発想を抒情につなごうとしたときに流れ出た泪ではなかったか。「個を超えたわれ」こそが鬼であった。

しかし保田與重郎が死の美学へと、前川佐美雄が戦争頌歌へと傾斜したように、やすやすと個を超越した悠久の中にわれを手放すことは、「個を超えたわれ」の発見という発想のもつ陥穽におちいることにもなる。「暗道《くらみち》のわれの歩みにまつはれる蛍ありわれはいかなる河か」(『子午線の繭』)の一首に見られるように、原初の「われ」から現代の「われ」まで営々とつながれてきた無数の「われ」を自覚し、むしろそのように意識できる強烈な個の確立があってはじめて、個は超えられるのではないか。「われはいかなる河か」と蛍の飛ぶ暗闇に自問しながら、前登志夫は「一首の歌には、一人の〈私〉が明確に存在するとはかぎらない。本当は無数の〈私〉なのであるが、一人の〈私〉と無数の〈私〉との境界に歌があるように思える。」(『明るき寂寥』「歌の思想」)と自答している。「無数の〈私〉」という他界の眼に貫かれてはじめて、日常の生の流れの深みから「一人の〈私〉」が言葉として立ちあがる。「歌の思想」には、さらに意識的な〈私〉が語られていく。

そこでのわたしの作業のひとつは、郷土との臍の緒を断ち切ることであった。徹底した個の自覚を持続することであった。ところが、自己の貌のふかみを見ようとすればするほど、他者とのかかわりのなかに浮かび上がってくる貌なのである。もう一つの臍の緒がつながっているのをみとめざるをえない。他者のなかにこそ本来の〈私〉がいるという覚醒――。

「もう一つの臍の緒」のつながりとは、「意識の内面とか血の深層とでも言うべき、生の流れに存在するものである」という。「一本の樹」の背後に隠れていた鬼の含羞や「木斛の冬の葉むらに身を隠」していた鬼のかなしみは、「他者のなかにこそ本来の〈私〉がいるという覚醒」へと深められ、歌のなかで「個を超えたわれ」をみつめつづけるのである。

勿論、このような他者の眼あるいは他界の眼は、「歌の思想」に引用されている斎藤茂吉の短歌や釈迢空の短歌を深くくぐることによって意識化されてきたものであるが、他者の眼あるいは他界の眼を獲得していく最初の強い影響力はやはり、前川佐美雄の「草も木もわれに挑みてほえかかるすさまじく青き景色《けしき》なりける」(『大和』)のような歌にあるように思われる。この一首を評して、前登志夫は「このアニミスチックな一首は、西行にきわめて近い感性のように思える。あるいは、宮澤賢治の感覚とヴィジョンにも共通するところがある。佐美雄は万緑の野を愛《め》でながらも、畏怖する神経からまぬがれ難いのである。一面の緑の世界なればこそ、くっきりと自我が剝き身となって放り出されるであろう。」(『明るき寂寥』「道化の淋しさ」)と述べている。この一首の基層としてあげられている西行や宮澤賢治について考察している余裕はすでにないが、基層としての「宮澤賢治の感覚とヴィジョン」は少しだけみておくことにしよう。一首を評するとき、人は自分が歌に向かう姿勢や方法を語ってしまうものだから。

例えば、次に抽く短歌は、宮澤賢治十七歳と十九歳のときのものである。

褐色のひとみの奥に何やらん悪しきをひそめわれを見る牛
ブリキ罐がはらだたしげにわれをにらむつめたき冬の夕暮のこと
西ぞらのきんの一つめうらめしくわれをながめてつとしづむなり
うしろよりにらむものありうしろよりわれらをにらむ青きものあり

(明治四十五年四月)

ちばしれるゆみはりの月わが窓にまよなかきたりて口をゆがむる
月は夜の梢に落ちて見えざれどその悪相はなほわれにあり

（大正三年四月）

引用したこれらの早熟な歌においては、技法の幼さはいたしかたないとして、〈私〉は全く手放されている。牛やブリキ罐や黄金の夕陽や月や青きものの気配に、ながめられ、にらまれている〈私〉はいるが、そんな〈私〉よりも〈私〉をつつんでいる他界の色濃い気配のほうに、この六首の関心は向いている。その気配が早熟な歌の世界をぐんと深めている。これらの早熟な歌から、『注文の多い料理店』の「序」の、「これらのわたくしのおはなしは、みんな林や野はらや鉄道線路やらで、虹や月あかりからもらつてきたのです。」という書き出しまでは、そう遠い道のりではない。この宮澤賢治の言語世界も、「わたしたちのいのちが、世界の全体を感受するから、日常の事物は異次元の眼差につらぬかれて、きらめき立ち上るのであり、みずからの内部に永遠なるものを覗かせるのであろう。」（「歌の思想」）という前登志夫の発想を形作る基層のひとつとなっているといえないだろうか。

根源的な批評を孕む他者の眼差しとなって一首にもぐりこみ、言葉という非在の世界の内側から現実世界を照射し、超えるという発想。この否定の発想によって、保田與重郎や前川佐美雄がおちいった日本浪漫派のイロニーという陥穽を超克しようとしてきたのが、前登志夫の歌にひそむ鬼であった。そして、この鬼は、歌集『縄文紀』以降「翁」となって流転し、世界に舞い出るのである。そして、この翁は、さらに「童子」となって流転し、再生して前登志夫の詩的世界を深める予感となって歩みはじめている。

御火焼《みひたき》の翁ならねど山にくる他界の夜につつまれて寝る　（『縄文紀』）
雪代の河遠《とほ》ひかり流れくる春きさらぎを翁舞ふなり　（『樹下集』）
ぬばたまの若葉の闇にとり出だす翁の面よはるかなる他者　（『鳥獣蟲魚』）
紫の紫雲英《れんげ》の原の縁行けり見はてぬ夢を童子歩めり　（『青童子』）
ああすでにわれは童子か百雷《ひやくらい》のひそめる嶺の紺青に座す　（『流轉』）

このように、生命的な流転の美学として歌を詠みつづけていく前登志夫の歌の新しさと勁さは、古代と現代、西洋と東洋、あるいは他界と現実という時空の差異を超えて、戦争のような大状況にさえ侵されることのない、いのちの流れとしてハイブリッドな時空を自由に往き来することにある。これが、かつて問われた「われはいかなる河か」という問いの流れ着こうとしている原郷としての時空であるのかもしれない。

参考文献◇Ⅰ

1　森の力

「短歌」一九七六年五月号
マルカム・カウリー編『フォークナーと私』（大橋健三郎・原川恭一共訳）冨山房　一九六八年二月
蟻二郎『フォークナーの小説群』南雲堂　一九六六年五月
日高堯子『山上のコスモロジー』砂子屋書房　一九九二年九月
ウィリアム・フォークナー『熊』（大橋健三郎訳）（『筑摩世界文学大系73』）　一九七四年一月
現代歌人文庫『前登志夫歌集』国文社　一九七八年二月
藤井常世「鑑賞・現代短歌『前登志夫』」本阿弥書店　一九九三年六月
櫟原聰『夢想の歌学』雁書館　一九九五年一月
ミルチャ・エリアーデ『生と再生』（堀一郎訳）東京大学出版会　一九七一年八月
マルティン・ハイデガー『形而上学とは何か』（大江精志郎訳）理想社　一九五四年九月

2　帰郷論

「短歌」一九九二年七月号
写真＝田中眞知郎／文＝前登志夫『大和の古道』講談社　一九八五年九月
小林幸子『子午線の旅人』ながらみ書房　二〇〇〇年一〇月
ライナー・マリア・リルケ『ドゥイノの悲歌』（手塚富雄訳）岩波文庫　一九六五年一月
ハイデガー『ヘルダーリンの詩の解明』（手塚富雄他訳）理想社　一九五五年一月
伊東静雄『わがひとに与ふる哀歌』新潮文庫　一九五七年一月

3

時間の村

「短歌研究」一九九六年八月号

「短歌」一九六二年八月号

ハイデガー『存在と時間』(原佑・渡辺二郎訳)(「世界の名著62」)中央公論社　一九八一年六月

ノヴァーリス『夜の讃歌』(生野幸吉訳)(「筑摩世界文学大系26」)一九七四年一月

4

薄明論

日野啓三『聖岩』中央公論社　一九九五年一月

内山　節『時間についての十二章』岩波書店　一九九三年一〇月

柳田国男『遠野物語』岩波文庫　一九七六年四月

「短歌」一九七二年五月号

アルチュール・ランボー『地獄の季節』(小林秀雄訳)岩波文庫　一九七〇年九月

5

再生の森

「現代短歌雁」一九八九年一月

山本健吉『柿本人麻呂』(「山本健吉全集2」)講談社　一九八三年九月

リービ英雄『Man'yōshū』東京大学出版会　一九九四年六月

中西　進『柿本人麻呂』筑摩書房　一九七〇年一一月

中上健次『枯木灘』河出書房新社　一九七七年五月

折口信夫『民族史観における他界観念』(「折口信夫全集20」)中央公論社　一九九六年一〇月

松浦寿輝『折口信夫論』太田出版　一九九五年六月

6

山人考

柳田国男『後狩詞記』（『定本柳田国男集27』）筑摩書房　一九六四年四月

「俳句」一九八六年六月号

中上健次『もうひとつの国』（『中上健次全集15』）集英社　一九九六年八月

折口信夫『山のことぶれ』『翁の発生』（『折口信夫全集2』）中央公論社　一九九五年三月

吉本隆明『柳田国男論集成』ＪＩＣＣ出版局　一九九〇年一一月

柳田国男「山人考」（『山の人生』所収）岩波文庫　一九七六年四月

7

生贄考

柳田国男『山の人生』岩波文庫　一九七六年四月

エリアーデ『聖と俗』（風間敏夫訳）法政大学出版局　一九七八年一二月

赤坂憲雄『異人論序説』ちくま学芸文庫　一九九二年八月

今村仁司『排除の構造』ちくま学芸文庫　一九九二年一〇月

Ｍ・モース／Ａ・ユベール『供犠』（小関藤一郎訳）法政大学出版局　一九八三年一二月

レヴィ＝ストロース『野生の思考』（大橋保夫訳）みすず書房　一九七六年三月

ルネ・ジラール『暴力と聖なるもの』（古田幸夫訳）法政大学出版局　一九八二年一一月

浅田　彰『構造と力』勁草書房　一九八三年九月

ジョルジュ・バタイユ『宗教の理論』（湯浅博雄訳）人文書院　一九八五年六月

同『エロティシズム』（澁澤龍彦訳）二見書房　一九七三年四月

8
原時間への帰還
プラトン『饗宴』（鈴木照雄訳）（「世界の名著6」）中央公論社　一九六六年四月
D・H・ロレンス『チャタレイ夫人の恋人』（伊藤整訳、伊藤礼補訳）新潮文庫　一九九六年一一月
井上義男『ロレンス　存在の闇』小澤書店　一九九四年二月

9
体験的谷行論
五来　重『新版「山の宗教」修験道』淡交社　一九九九年一〇月
天童荒太『永遠の仔』幻冬舎　一九九九年三月

10
「われ」への祈り
折口信夫『翁の発生』（「折口信夫全集2」）中央公論社　一九九五年三月
エリアーデ『聖と俗』（風間敏夫訳）法政大学出版局　一九六九年一二月

11
鬼の系譜
保田與重郎『木丹木母集』（「保田與重郎文庫24」）新学社　二〇〇〇年一月
保田與重郎『鳥見のひかり』（「保田與重郎全集20」）講談社　一九八七年六月
保田與重郎『後鳥羽院』（「保田與重郎全集8」）講談社　一九八六年六月
保田與重郎『浪曼的文芸批評』（「保田與重郎全集6」）講談社　一九八六年四月
「短歌」一九七四年七月臨時増刊号
大岡　信『抒情の批判』（「大岡信著作集5」）青土社　一九七七年五月

桶谷秀昭『保田與重郎』講談社学術文庫　一九九六年一二月
塚本邦雄『定型幻視論』（『塚本邦雄全集8』）ゆまに書房　一九七九年二月
「歌壇」一九九四年六月号
『短歌と日本人II』（『日本的感性と短歌』）岩波書店　一九九九年一月
J・P・エッカーマン『ゲーテとの対話』（山下肇訳）岩波文庫　一九六八年一一月
三枝昂之『前川佐美雄』五柳書院　一九九三年一一月
伊藤一彦「鑑賞・現代短歌『前川佐美雄』」本阿弥書店　一九九三年七月
『宮澤賢治全集第一巻』筑摩書房　一九七三年一一月

参考文献◇Ⅱ（＊引用した前登志夫著作）

1　詩集
宇宙驛　昭森社　一九五六年六月（『前登志夫歌集』小沢書店　一九八一年七月）

2　歌集
子午線の繭（第一歌集）　白玉書房　一九六四年十月（『前登志夫歌集』同前）
靈異記（第二歌集）　白玉書房　一九七二年三月（『前登志夫歌集』同前）
繩文紀（第三歌集）　白玉書房　一九七七年一一月（『前登志夫歌集』同前）
樹下集（第四歌集）　小沢書店　一九八七年一〇月

鳥獣蟲魚（第五歌集）　小沢書店　一九九二年一〇月
青童子（第六歌集）　短歌研究社　一九九七年四月
流轉（第七歌集）　砂子屋書房　二〇〇二年一一月
鳥總立（第八歌集）　砂子屋書房　二〇〇三年一一月

3

散文

吉野紀行　角川写真文庫　一九六七年三月（角川選書　一九八四年三月）
山河慟哭　朝日新聞社　一九七六年四月（小沢書店　一九九一年八月）
存在の秋　小沢書店　一九七七年一二月
吉野日記　角川書店　一九八三年一一月
樹下三界　角川書店　一九八六年四月
森の時間　新潮社　一九九一年三月
木々の声　角川書店　一九九六年一二月
明るき寂寥　岩波書店　二〇〇〇年八月
歌のコスモロジー　本阿弥書店　二〇〇四年一二月

前登志夫略年譜

1926年（大正15年）　0歳
1月1日、奈良県吉野郡秋野村（現在の下市町）に生まれる。父・理策、母・可志。兄と妹との三人兄弟。
1932年（昭和7年）　6歳
広橋小学校に入学。四年から下市小学校へ転校。
1938年（昭和12年）　12歳
旧制奈良中学校（現在の奈良高校）に入学。小説を書く。
1943年（昭和18年）　17歳
同志社大学に入学。
1945年（昭和20年）　19歳
応召入隊。兄がビルマで戦死。
1948年（昭和23年）　22歳
「詩風土」「日本未来派」「詩学」に詩を発表する。小島信一、大森忠行などと「新世代詩人」創刊。
1949年（昭和24年）　23歳
熊野、四国、信州などを毎年のように訪れ、各地を遍歴。吉野より「詩神レポート」を発行。
1950年（昭和25年）　24歳
伊豆に一年間住む。
1951年（昭和26年）　25歳
吉野山に帰山。前川佐美雄を訪問、文学的影響を受ける。保田與重郎、小野十三郎に会う。「日本歌人」

の依頼により、詩「桜」を寄稿。

1952年（昭和27年）26歳

詩誌「詩豹」創刊。亀井勝一郎、斎藤史に会う。

1953年（昭和28年）27歳

村野四郎に会い、影響を受ける。「荒地」グループの鮎川信夫、木原孝一、田村隆一、中桐雅夫に会う。小島信一を訪ね、幾多の影響を受ける。

1954年（昭和29年）28歳

「短歌」創刊号（折口信夫特集）を偶然手に入れる。

1955年（昭和30年）29歳

短歌を試作。筆名を安騎野志郎とする。9月、「短歌研究」、「短歌」座談会に出席。「日本歌人」夏行に参加。

1956年（昭和31年）30歳

詩集『宇宙驛』（昭森社）刊行。

1958年（昭和33年）32歳

父祖以来の林業に従事する。「短歌」4月号に「オルフォイスの地方」30首を発表。以後、ペンネームを本名の前登志夫に戻す。

1961年（昭和36年）35歳

村上一郎の依頼により紀伊國屋新書に書き下ろし評論『隠遁の論理』を執筆するも未完。

1962年（昭和37年）36歳

郷土の民俗学の先輩、岸田定雄の紹介で林順子と結婚。

1964年（昭和39年）38歳

第一歌集『子午線の繭』（白玉書房）刊行。長男・浩輔誕生。

1966年（昭和41年） 40歳

エッセイ集『吉野紀行』（角川写真文庫）刊行。

1967年（昭和42年） 41歳

「山繭の会」結成。

1968年（昭和43年） 42歳

二男・雄仁誕生。

1972年（昭和47年） 46歳

第2歌集『靈異記』（白玉書房）刊行。3月、長女・いつみ誕生。

1973年（昭和48年） 47歳

『現代短歌体系』第八巻（三一書房）に、高安国世、田谷鋭とともに「前登志夫集」が収録される。

1974年（昭和49年） 48歳

大阪・金蘭短期大学に教授として招かれ、赴任。

1976年（昭和51年） 50歳

評論集『山河慟哭』（朝日新聞社）刊行。自選歌集『非在』（「現代歌人叢書」短歌新聞社）刊行。

1977年（昭和52年） 51歳

3月、「短歌」愛読者賞受賞。『黒滝村史』編集刊行。第3歌集『縄文紀』（白玉書房）刊行。

1978年（昭和53年） 52歳

エッセイ集『存在の秋』（小沢書店）刊行。自選歌集『前登志夫歌集』（「現代歌人文庫」国文社）刊行。

『縄文紀』により第12回迢空賞受賞。大阪朝日カルチャーセンター短歌講座（以後毎週）担当。

1980年（昭和55年） 54歳

「読売歌壇」（大阪）の選者となる。8月、歌誌「ヤママユ」創刊。
1981年（昭和56年） 55歳
4月、父・理策逝去、満92歳。『観心寺』（シリーズ『古寺巡礼西国東国』淡交社）書き下ろし刊行。作品集『前登志夫歌集』（小沢書店）刊行。
1982年（昭和57年） 56歳
9月、中国に旅する。
1983年（昭和58年） 57歳
3月、ヨーロッパに旅する。9月、中国雲南への旅。11月、エッセイ集『吉野日記』（角川書店）刊行。
1984年（昭和59年） 58歳
3月、エッセイ集『吉野紀行』新版（角川選書）刊行。ヨーロッパに旅する。12月、母・可志逝去、満90歳。
1986年（昭和61年） 60歳
1月、『修学院離宮』（シーグ出版）書き下ろし刊行。4月、エッセイ集『樹下三界』（角川書店）刊行。
8月、吉野にてヤママユ研究会、以後、毎年、吉野で開催。
1987年（昭和62年） 61歳
4月、エッセイ集『吉野遊行抄』（角川書店）刊行。9月、歌誌「ヤママユ」第2号発行。10月、第4歌集『樹下集』（小沢書店）刊行。
1988年（昭和63年） 62歳
3月、前登志夫監修『奈良紀行』（主婦の友社）刊行。5月、『樹下集』で第3回詩歌文学館賞受賞。8月、吉野でのヤママユ夏季研究会の折、骨折、入院。
1989年（昭和64年・平成1年） 63歳

3月、ケガから半年を経て、コルセットを外す。7月、『吉野鳥雲抄』（角川書店）刊行。
1990年（平成2年） 64歳
7月、師・前川佐美雄逝去。
1991年（平成3年） 65歳
3月、『森の時間』（新潮社）刊行。8月、『山河慟哭』を小沢書店より復刊。9月、エッセイ集『吉野風日抄』（角川書店）刊行。
1992年（平成4年） 66歳
10月、第5歌集『鳥獣蟲魚』（小沢書店）刊行。
1993年（平成5年） 67歳
5月、『鳥獣蟲魚』により斎藤茂吉短歌文学賞受賞。7月、エッセイ集『吉野山河抄』（角川書店）刊行。
1996年（平成8年） 70歳
12月、エッセイ集『木々の声』（角川書店）刊行。
1997年（平成9年） 71歳
4月、第6歌集『青童子』（短歌研究社）刊行。
1998年（平成10年） 72歳
2月、『青童子』により第49回読売文学賞受賞。9月、歌誌「ヤママユ」第3号発行。以後、順調に発行を重ねる。
1999年（平成11年） 73歳
『短歌と日本人』第6巻（岩波書店）に坪内稔典によるインタビュー掲載。
2000年（平成12年） 74歳
8月、エッセイ集『明るき寂寥』（岩波書店）刊行。

２００２年（平成14年）　76歳
11月、第7歌集『流轉』（砂子屋書房）刊行。
２００３年（平成15年）　77歳
11月、第8歌集『鳥總立』（砂子屋書房）刊行。12月、『流轉』とこれまでの全業績により第26回現代短歌大賞受賞。
２００４年（平成16年）　78歳
3月、エッセイ集『病猪の散歩』（NHK出版）刊行。12月、エッセイ集『歌のコスモロジー』（本阿弥書店）刊行。
２００５年（平成17年）　79歳
1月、『鳥總立』により第46回毎日芸術賞を文学II部門で受賞。6月、『鳥總立』とこれまでの全業績により第61回日本芸術院賞文芸部門受賞。恩賜賞受賞。11月、日本芸術院会員。
２００６年（平成18年）　80歳
2月、エッセイ集『万葉びとの歌ごころ』（NHK出版）刊行。4月、朝日新聞（大阪）に毎月一回のエッセイ「菴のけぶり」連載開始。同月、歌誌「ヤママユ」第20号発行。9月、エッセイ集『存在の秋』を講談社文芸文庫として復刊。

あとがき

本書は、「前登志夫の歌の基層をもとめて」をテーマにして、平成七（一九九五）年から約十年間にわたって断続的に書き継いできた論考を一冊にまとめたものである。

論の対象者、前登志夫は私の歌の師である。しかし、弟子であることと、師の歌の世界がわかるかということとはまったく別物である。むしろ、私にとって前登志夫は、年齢的にもそうであるが、文学における父であるとともに、それ以上に偉大なる他者であり続けてきた。これらの論考は、愚かなる息子が父の世界を垣間見ようとしたものであり、同時におのれの未熟な思想や感性を思い知らんがために、偉大なる他者に挑んできた悪戦苦闘の痕跡《あと》にしかすぎない。

もとより文学の研究の徒ではないので、一首の解釈をめぐって、あれでもない、これでもないと行きつ戻りつを繰り返しているところがあったり、重複しているところもある。しかし、今となっては、それも試行錯誤の痕跡として残しておくしかない。また各論考には、短歌関係以外の書物からの多くの引用があるが、それは前登志夫の短歌の世界を、その修辞や技法の問題ばかりではなく、もっと広々とした文学空間に解き放ち、文学の問題として考えてみたいと思ったからである。

「山繭の会」に入会した三十余年前から、前登志夫第一歌集『子午線の繭』に拠って、私自身の帰郷の意味を考えるために『帰郷論』（仮題）を書こうと思っていたが、延ばしのばしにしているうちに二十数年が過ぎた。ようやく、同人誌「氾」（十鳥敏夫編集）に第1章「森の力」を書き始めたのは、平成七年になってからであった。第5章までは「氾」に発表した。その後、第6章から第11章まで、基本的には私の拠る歌誌「ヤママユ」に断続的に発表してきたが、第8章の「原時間への帰還」と第9章の「体験的谷行論」は「短歌」（山口十八良編集長）に発表する機会を得た。

その間、論の対象者である前登志夫先生は、論のはこびに苦々しく思われることも多々あっただろうが、黙って温かく見守ってきてくださった。こころより感謝申し上げます。そして、「ヤママユ」の仲間の助言や励ましの言葉は、この論を書き続けていく際の大きな力となった。また、心弱りがちな私の「妹の力」として、日高堯子さん（「かりん」所属）と小林幸子さん（「塔」「晶」所属）のお二人には、特に多大なお力添えをいただいたこと、ここに記して感謝申し上げたい。

本書の題は、『子午線の繭』の一首「暗道《くらみち》のわれの歩みにまつはれる蛍ありわれはいかなる河か」から採ったが、本書をまとめて思うのは、ようやく前登志夫の歌の河を遡る河口にさしかかったという思いである。河の源流はまだはるかに遠い。その源流には聖なる詩魂の泉が静かに滾々と湧いていることだろう。本書がその泉を汲みに行くための澪つくしのひとつともなれば幸いである。

拙歌集『木強』に続いて、本書も北冬舎の柳下和久さんのお世話になる。編集者として、第一読者としていろいろなご助言を賜ったことに心よりお礼申し上げたい。今回も大原信泉さんの装丁が楽しみである。

二〇〇七年一月

萩岡良博

初出一覧◇

一

1 森の力（「氾」23・24号［95年11月・96年3月］）
2 帰郷論（「氾」25・26号［96年6月・10月］）
3 時間の村（「氾」27・28号［97年2月・6月］）
4 薄明論（「氾」29・30号［97年10月・98年2月］）
5 再生の森（「氾」31・32号［98年6月・10月］）

二

6 山人考（「ヤママユ」5号［99年6月］）
7 生贄考（「ヤママユ」7号［99年12月］）
8 原時間への帰還（「短歌」［98年10月号］）
9 体験的谷行論（「短歌」［02年4月号］）
10 「われ」への祈り
　I 翁のトポロジー（「ヤママユ」15号［03年8月］）
　II 聖なる他者（「ヤママユ」18号［05年3月］）
11 鬼の系譜（「ヤママユ」16号［04年4月］）

著者略歴

萩岡良博

はぎおかよしひろ

1950年(昭和25)、奈良県生まれ。歌集に、『空の系譜』(94年〔平成6〕、砂子屋書房)、『木強』(2005年〔平成17〕、北冬舎)がある。短歌誌「ヤママユ」編集委員。

住所＝〒633-0206奈良県宇陀市榛原区天満台西3-35-10

[ヤママユ叢書第76篇]

われはいかなる河《かわ》か

前登志夫の歌の基層

2007年6月5日　初版印刷
2007年6月15日　初版発行

著者

萩岡良博

発行人

柳下和久

発行所

北冬舎

〒101-0062東京都千代田区神田駿河台1-5-6-408
電話・FAX　03-3292-0350
振替口座　00130-7-74750

印刷・製本　株式会社シナノ

ISBN978-4-903792-03-3 C0095

北冬舎の本＊

小説・エッセイ・評論

雨よ、雪よ、風よ。 天候の歌（2刷）　**高柳蕗子**
「雨・雪・風」の歌を楽しく味わう。〈主題〉で楽しむ１００年の短歌１　２０００円

短歌の生命反応 ［北冬草書］２　**高柳蕗子**
短歌は生きて、生命反応している。斬新な視点から読む短歌入門書　１７００円

歌の基盤 短歌と人生と ［北冬草書］１　**大島史洋**
現代に生きてあることを短歌に表現する意味を深く問うエッセイ集　２０００円

家族の時間　**佐伯裕子**
米英との戦争に敗れ、敗戦日本の責を負った家に流れた時間を描く　１６００円

影たちの棲む国　**佐伯裕子**
戦争責任者を祖父にもつ戦後世代の歌人が見つめる戦前からの〝影〟　１５５３円

樹木巡礼 木々に癒される心　**沖ななも**
樹木と触れあうことで、自分を見つめ、叱り、励ますこころの軌跡　１７００円

黒髪考、そして女歌のために　**日高堯子**
〝黒髪の歌〟に表現された女性たちの心の形を読み解いたエッセイ集　１８００円

詩人まど・みちお　**佐藤通雅**
「ぞうさん」の作詞で名高い〈詩人〉のほんとうの魅力を探究する　２４００円

＊好評既刊　　価格は本体価格